Hans-Peter Schneider

Weihnachtsstern

Hans-Peter Schneider

Weihnachtsstern

Zauberhafte Geschichten und Gedichte

rosenheimer

5., überarbeitete Auflage

www.rosenheimer.com

Titelillustration: Sebastian Schrank, München
Lektorat und Satz: Bernhard Edlmann Verlagsdienstleistungen, Raubling
Druck und Bindung: Finidr s.r.o.
Printed in Czech Republic

ISBN 978-3-475-54841-3

Inhalt

Der Weihnachtsschmaus

Meine Frau bestellt jedes Jahr bei der Metzgerei Wehner eine Gans für den Ersten Weihnachtsfeiertag. Beim Wehner gibt es nämlich die besten Gänse, da ist richtig schön Fleisch dran und kaum Fett, noch dazu alles aus regionaler Herstellung und natürlich frisch. Dazu machen wir dann gemeinsam leckere selber geriebene Kartoffelknödel und Blaukraut. Ein Festschmaus, auf den ich mich das ganze Jahr schon freue.

Ein Festschmaus, der am Vormittag des letztjährigen Heiligen Abend in der Metzgerei zur Abholung bereitlag …

»Schatz, hol mir doch bitte die Gans aus dem Keller.«

Die Bitte meiner Frau ließ mich am ganzen Körper Hitzewallungen und Schüttelfrost in schnellem Wechsel bekommen, und das innerhalb weniger Augenblicke. Ich hatte vergessen, sie abzuholen, diese blöde Gans. Am Tag zuvor, dem Heiligen Abend, war ich extra in die nahe gelegene Stadt gefahren und wollte zum Metzger. Aber erfüllt von der weihnachtlichen Vorfreude, der christlichen Nächstenliebe und der einen oder anderen Weihnachtshalbe beim Harrerwirt hatte ich das ursprüngliche Ziel meiner Fahrt aus den Augen verloren. Das Federvieh lag wahrscheinlich immer noch beim Wehner in der Kühlung. Die hätten aber auch anrufen können, fand ich.

Na ja, auf jeden Fall hatte ich bis gerade eben das Thema Gans mit Erfolg aus sämtlichen freien Gehirnzellen gelöscht. Selig schlief ich in dieser wundervollen Weihnacht. Schließlich war der Heilige Abend wirklich perfekt gewesen. Draußen verschneite Wiesen, strahlende Lichter, trockene Kälte; drinnen wundervolle Klänge, heimelige Wärme, greifbare Liebe.

Doch nun war ich wach. Mein Herz hämmerte. Es schien, als trommle es den Takt zu den Schritten, die mich vor ein unbarmherziges Gericht zerrten – die Schritte meiner Frau.

»Du hast was?!?«, fauchte sie mich an, als ich ihr von meinem kleinen Missgeschick erzählte.

»Ist doch nicht so schlimm, Spatzl, dann gehen wir halt zum Essen«, schlug ich vor, nicht ahnend, dass dies alles nur noch ärger machen würde.

»Zum Essen? Weißt du, wie viele freie Plätze es in Restaurants am Mittag des Ersten Weihnachtsfeiertages gibt, wenn man nicht fünf Wochen vorher reserviert hat?«

Auf diese Fangfrage ging ich besser nicht ein und unterbreitete lieber einen weiteren Vorschlag: »Dann kochen wir halt heute das Essen von morgen.«

»Morgen haben wir mit meinen Eltern einen Tisch beim Gasthof Goldene Gans reserviert.«

Da war schon wieder der Name dieses Federviehs, der in mir immer mehr Wut aufkommen ließ.

»Dann, dann …«, stammelte ich.

»Was ›dann‹?!?«, fragte sie.

»Dann, dann … dann Gefriertruhe?« Ich grinste verlegen.

»Die Gefriertruhe ist nahezu leer, weil dein Onkel in der ersten Januarwoche doch die Sau schlachtet, von der wir die Hälfte kriegen.«

»Ich schau trotzdem mal«, antwortete ich und ging.

Eigentlich wollte ich vor allem deswegen in die Gefriertruhe schauen, um dem unerbittlichen Zorn meiner Frau zumindest für ein paar Minuten zu entgehen.

Ich öffnete den Deckel und blickte hinein.

An was es uns wirklich nicht fehlte, waren Eiswürfel. Eiswürfel in sämtlichen Formen und Größen: als Kleeblätter, Ampelmännchen, Stäbchen, aber auch als Monde, Sterne und – das verwunderte mich direkt – auch als Würfel (wie langweilig!).

Ansonsten war wirklich nicht viel in der Truhe. Ich hob einige Eiswürfeltüten zur Seite, entdeckte eine halb leere Packung Spinat und einen komplett zum Eiskristall verwandelten Suppenknochen. Gerade wollte ich den Deckel wieder schließen, als ich unter einer Fünf-Liter-Eissternchentüte etwas Rötliches herausspitzen sah. Sofort schoss mir ein Gedanke in den Kopf …

»Das ist nicht dein Ernst, Franz.« Meine Frau schaute mich entsetzt an.

»Oh doch, und wie!«, grinste ich stolz und trug zusammen mit unseren beiden Söhnen einen Alutisch hinaus in den Garten. Dort knirschte jeder Schritt von uns in dem mindestens 30 Zentimeter hohen Schnee.

»Die erklären uns doch für verrückt!«, schimpfte meine Frau weiter.

»Lieber verrückt als verhungert!«, bemerkte ich weise.

Ehe wir uns versahen, loderten im Feuerfass in der Mitte unseres Gartens helle Flammen und ließen den Schnee in der Nähe schmelzen.

»Man hole mir …«, ich sprach feierlich und blähte meine Brust würdevoll auf, »… den Schwenkgrill.«

Meine Söhne liefen, stellten den Schwenkgrill über das Fass und grinsten mich an: »Der Schwenkgrill, Herr Chefkoch!«

Und so kam es, dass es bei uns an diesem Ersten Weihnachtstage einen leckeren Grillschmaus zu Mittag gab. Ein Hoch auf die große Grillbox der Discounter, die als Sommernotreserve in unserer Gefriertruhe noch nie fehlen durfte! Die brutzelnden Steaks und Würstel verströmten einen solch feinen Duft, dass er unseren Nachbarn in die Nase stieg. Diese starrten ungläubig und fassungslos aus ihren Fenstern auf das Grillspektakel. Egal was sie zunächst dachten, aber sie kamen nach und nach mit Glühwein, Kinderpunsch, leckeren Plätzchen und einem fröhlichen Grinsen zu uns herüber.

So kam es, dass wir ein wundervolles Weihnachtsfest im Kreise unserer Familie und Nachbarn feierten und dass sich das alte Sprichwort bewahrheitete: »Die Schweinsbratwürstel in der Hand sind besser als die Gans beim Metzger.« Oder so ähnlich …!

Das süße Weihnachtsganserl Edeltraud

’s Weihnachtsganserl Edeltraud
hat sich im Stall den Kopf anghaut:
Schnabel ’prellt und Hirn erschüttert –
zum Glück war sie schon gut gefüttert.
Denn so wurde net lang gschaut
und ihr sofort der Kopf abghaut.

Bio-Kinder-Weihnacht

Aha, 'nen Schoko-Nikolaus
und ein buntes Hexenhaus
schenkt ihr mir?!? Hurra!
Na ja … na ja … na ja …

Welche Stoffe sind denn drin?
Wie viel Chemie und wie viel Sinn?
Wie viel Zucker? Wie viel Fette?
Gibt es eine Schutzplakette?

Oder wollt ihr etwa sagen:
Ihr kauftet ohne nachzufragen?
Soll ich hier schlimme Gifte essen,
und ihr verdrückt euch unterdessen?

Da krieg ich doch 'ne Allergie,
schlechte Haut und krumme Knie.
Ich vertrag nur Bio pur
ohne Zusatz, nur Natur.

»Wir wollten nur 'ne Freude machen.«
Eine Freude?!? Ich muss lachen!
Soll ich fürs Gift noch dankbar sein?!?
Nehmt den Müll und fahrt schnell heim!

Tränen an Heiligabend

Vielleicht werden mich einige für verrückt halten, wenn ich diese Geschichte erzähle, aber dennoch will ich mich nicht davon abbringen lassen. Um es vorwegzunehmen, bevor Sie später herumrätseln: Ich bin mittlerweile 24 Jahre alt und studiere weit weg von meinem Heimatdorf. Sobald auf meinem Kalender das November-Blatt gefallen ist, beginne ich mich jedes Jahr wie ein kleines Kind auf Weihnachten und auf mein Zuhause zu freuen.

Am 23. Dezember des vergangenen Jahres brach ich wieder auf in meine Heimat. Als ich die Treppen unseres Hauses hinaufstieg, roch ich schon den Duft von frisch gebackenen Plätzchen und hörte meine Mutter zu den Liedern, die aus dem Radio erklangen, laut summen.

»Endlich zu Hause«, sagte ich leise lächelnd vor mich hin. Ich begrüßte meine Eltern. Wir aßen zusammen, unterhielten uns stundenlang, und bald darauf gingen wir alle ins Bett.

Als ich am nächsten Morgen aufwachte, freute ich mich auf das nun Folgende. Traditionell bauten mein Vater und ich an Heiligabend den Christbaum und die Krippe auf. So ging ich also erwartungsvoll in die Küche zum Frühstück, wo meine Eltern schon saßen.

Ich trank gerade meine zweite Tasse Kaffee, als meine Mutter zu mir sagte:

»Michael, heuer stellt ihr nur den Christbaum auf und lasst die Krippe weg. Schließlich haben wir keine kleinen Kinder mehr im Haus, die so etwas brauchen.«

Wenn Sie es jetzt auch nicht glauben, aber diese Worte haben mich tief ins Herz getroffen. Für mich war diese Krippe ein Symbol für das Weihnachtsfest in unserem Haus. Ich weiß nicht, wie ich es beschreiben soll, für mich ist unser Haus ohne Krippe wie …, wie …, wie Weihnachten ohne Christus.

Richtig, Sie werden sagen, viele Menschen feiern Weihnachten ohne Christus, ohne zu glauben und ohne in die Kirche zu gehen. Aber welchen Sinn hat das Fest denn dann noch? Welchen Sinn hat es für diese Menschen, ausgerechnet am 24. Dezember ihren Lieben etwas zu schenken, obwohl sie doch nicht an die christliche Überlieferung glauben? Genauso gut könnten sie doch jeden anderen Tag dafür wählen.

Für mich war unser Haus also ohne Krippe nicht vorstellbar. »Mutter«, sagte ich, »wir haben doch immer eine Krippe gehabt, das gehört doch dazu.«

Doch meine Mutter war fest entschlossen, Weihnachten in diesem Jahr ohne Krippe zu feiern. Traurig stand ich auf und ging aus dem Zimmer. Ein Gefühl, das ich nicht beschreiben kann, stieg von meinen Zehenspitzen über die Beine hinauf in meinen Bauch und meinen Kopf. Da hatte ich monatelang auf dieses Ereignis gewartet, so lange, bis ich die Vorfreude fast nicht mehr aushielt – und als der Tag endlich da war, ging alles schief, was man sich nur vorstellen konnte.

Alleine stand ich in meinem Zimmer und starrte regungslos zum Fenster hinaus. Ich bemerkte, wie mein rechtes Auge ein wenig feucht wurde. Allmählich formte sich ein kleiner Wassertropfen in meiner Augenhöhle und kullerte dann langsam über meine rechte Wange. Die Wassertropfen wurden immer mehr, bildeten sich auch in meinem linken Auge und liefen immer häufiger über meine Wangen. Ich weinte. Zum ersten Mal, seit ich denken konnte, liefen mir an Heiligabend Tränen über die Wangen. Vielleicht können Sie es nicht verstehen, warum ich weinte. Ehrlich gesagt, verstehe ich es selbst nicht ganz. Ich glaube einfach, das gemeinsame Schmücken des Baumes und das Aufstellen der Krippe brachten mich jedes Jahr in die Zeit meiner Kindheit zurück. Diese Tradition ließ all die glücklichen Weihnachtsmomente von damals noch einmal vor meinem inneren Auge ablaufen. Ich konnte der Realität entfliehen.

Doch die Realität hatte mich jetzt eingeholt. Sie zeigte mir, dass ich erwachsen war und dass kein noch so schöner Traum dies ändern konnte.

»Nein, so nicht!«, sagte ich entschlossen vor mich hin. Gut, ich war erwachsen, aber erwachsen sein heißt nicht, traumlos zu sein. Und meine Weihnachtsträume gehören zum Kostbarsten, was ich besitze.

Ich ging in die Küche zu meiner Mutter. »Ich will schon eine Krippe aufstellen«, sagte ich zu ihr.

»Habe ich mir gedacht, dass du dir das nicht nehmen lässt«, antwortete sie lächelnd – und für mich völlig überraschend. »Komm, ich helfe dir, die Figuren herunterzutragen.«

Wir holten die Figuren und die Krippe, und ich stellte sie wie jedes Jahr mit meinem Vater auf. Als sie fertig dastand, ging mein Vater aus dem Raum, und ich saß allein vor der Krippe, betrachtete Jesus, Maria, Josef, die Hirten und die Engel.

Meine Gedanken flogen zurück in längst vergangene Tage, zurück in meine Kindheit. Das war für mich das schönste Weihnachtsgeschenk, das man sich vorstellen kann.

Egal wie alt ich wohl werde, ich weiß ganz genau, dass ich diese Gedanken niemals hergeben oder verlieren werde. Sie sind mein Traum von Weihnachten. Sie sind mein Traum vom Glück. Sie sind … meine Kindheit.

Das Wunder der Weihnacht

Das Wunder der Weihnacht
erblickt man nicht,
wenn man durch die Straßen geht.

Das Wunder der Weihnacht
erblickt man nicht,
wenn man unter Menschen steht.

Das Wunder der Weihnacht
erblickt man nicht,
wenn man Weihnachtslieder singt.

Das Wunder der Weihnacht
erblickt man nicht,
wenn man nur Geschenke bringt.

Drum lerne,
wie man sich freimacht
von weihnachtlichem Zwang

Das Wunder der Weihnacht
erblickst du dann,
wenn du in die Herzen schaust
und dich der Liebe anvertraust.

A Ruah kehrt ein

A Ruah kehrt ein
ins Herz und Haus.
Was kann des sein?
Was kommt da raus?

Leis hört man's scho',
net mit die Ohrn.
Die Welt wird froh,
Christ is geborn.

A Freud kehrt ein
ins Herz und Haus.
Lassts euch drauf ein!
Sperrts sie net aus!

Der Schneemacher

Für Maxl war es unvorstellbar. Ein Weihnachten ohne Schnee?!? Das hält doch kein Mensch aus! Er musste was dagegen tun! Schließlich waren es die letzten Weihnachtstage, bevor er im nächsten Jahr in die erste Klasse musste.

»Ich hab's!«, rief Maxl plötzlich aus, hielt sich jedoch sofort den Mund zu, schließlich sollte es für seine Eltern und Mia, seine große Schwester, eine Überraschung werden.

Langsam und vorsichtig stieg er die Treppe hinunter. Schon stand er vor dem großen Kellerregal, das Papa seit Monaten ordnen wollte. Doch offensichtlich hatte er es noch nicht geschafft. Maxls Blicke durchwühlten die einzelnen Fächer geradezu, bis sie schließlich auf einer giftig grünen Gießkanne haften blieben.

»Perfekt!«, flüsterte der Junge vor sich hin. »Einfach nur perfekt!«

Leise ging er zurück in sein Zimmer.

»Maxl, was treibst du denn?« Mist, die Mutter schien seine Pläne durchkreuzen zu wollen.

»Ach, nichts, Mama, ich such ein paar Spielsachen.«

Offenbar gab sich die Mutter mit dieser doch sehr einfallslosen Schwindelei zufrieden. Das lag wohl vor allem an den sieben Plätzchensorten, die sie heute noch backen und deshalb keine Zeit verlieren wollte.

Ohne weitere Zwischenfälle konnte Maxl im ersten Stock die Gießkanne mit Wasser füllen. Dann machte er noch einen kurzen Kontrollblick auf die Funkwetterstation seines Vaters.

»Minus drei Grad! Jetzt steht weißen Weihnachten nichts mehr im Wege«, dachte er sich erfreut. Zum Glück hatte ihm sein Vater vor einigen Wochen beigebracht, dass auf einem Thermometer die Zahl mit einem Minus davor Gefriertemperatur bedeutet. Er schleppte die Gießkanne zu seinem Zimmerfenster, öffnete dieses und streckte seinen Kopf hinaus. Ein kühler Wind blies um seine Nase, Schnee hatte er allerdings nicht im Gepäck.

»Das kriegen wir schon hin«, dachte der Junge und warf einen kurzen Kontrollblick auf den leicht ansteigenden Fußgängerweg, der direkt unter seinem Fenster an der Haustür endete. »Bald ist der Weg verschneit.«

Maxl nahm die Gießkanne und stellte sie auf den Fenstersims. Sacht kippte er sie nach vorn und ließ das Wasser nach unten plätschern.

Als die Gießkanne leer war, schaute er voller Vorfreude aus dem Fenster.

»Mist! Kein Schnee!« Der Junge erkannte entsetzt die Wasserfläche auf dem Weg vor der Haustür. Warum funktionierte es denn nicht?

»Maxl, du Depp!«, sagte er nach einigen Augenblicken leise zu sich. »So kann es ja nicht klappen.«

In dem Bewusstsein zu wissen, was nun zu tun sei, ging der Junge zu seiner Mutter und fragte: »Mama, könntest du mir bitte ein Sieb geben?«

»Ein Sieb? Für was denn das, Maxl?«

»Wir müssen morgen in den Kindergarten eines mitbringen«, schwindelte Maxl erneut, was die Mutter jedoch aufgrund der Backanforderungen abermals nicht zu bemerken schien.

Fröhlich ließ Maxl kurz danach mit dem Sieb in der Hand die Gießkanne wiederum volllaufen. Hoch konzentriert stellte er diese danach auf den Sims und kippte sie erneut nach vorne. Dieses Mal jedoch ließ er das Wasser durch das Sieb laufen, bis es aufgebraucht war. Voller Zuversicht schaute er aus dem Fenster.

»Ach Mann!«, stöhnte Maxl enttäuscht auf. »Warum kommt denn der Schnee nicht?«

Der Junge setzte sich enttäuscht auf sein Bett, stützte den Kopf in seine Hände und war kurz vorm Weinen. Er hatte sich doch alles so gut ausgedacht! Das Wetter schien optimal für die Schneeproduktion! Wo war denn das Problem?

Er dachte nochmals genau darüber nach, was seine Kindergärtnerin, Fräulein Vroni, gestern erzählt hatte: »Wenn es kälter als null Grad ist, dann verwandeln sich die feinen Regentropfen in Schnee und bedecken die Erde wie mit einem weißen Netz.«

»Feine Tropfen … weißes Netz.« Maxl flüsterte die Worte nochmals leise vor sich hin.

Plötzlich sprang er auf, eine Idee schoss ihm in den Kopf, er stürmte in den Keller, durchsuchte das unordentliche Regal und fand es schließlich – Papas weißes Gartenbeet-Abdecknetz, bestehend aus vielen klitzekleinen luftdurchlässigen Quadraten.

»Ein feineres Netz für Wasser gibt es nicht«, war sich Maxl sicher.

Somit füllte er nochmals die Gießkanne, schnitt ein Stück aus dem feinstmaschigen Netz aus und legte es in das Sieb. Zuversichtlicher denn je schüttete er das Wasser hindurch.

Doch der Kontrollblick am Ende dieses Vorgangs ließ ihn verzweifeln. Keine weiße Pracht war auf dem Weg zu erkennen. Nicht mal eine einzige winzige Schneeflocke hatte sich gebildet. Nichts, aber auch gar nichts verstand Fräulein Vroni von der Schneeproduktion.

Weinend warf sich Maxl auf sein Bett und vergrub den Kopf unter dem Kissen.

Da hörte er einen lauten Schrei, dem ein metallenes Klappern und ein dumpfes Klatschen folgten. Dann ein zweiter, schmerzerfüllter Schrei.

»Ahhh, Moni, kannst du mir helfen? Moni! Moni!!!« Die Stimme klang nach Papa. Moni, so hieß Maxls Mutter. Sie schien die Rufe ihres Mannes sofort gehört zu haben und stürmte offensichtlich zur Haustüre. Maxl spitzte seine Ohren. Die Tür wurde geöffnet, dann herrschte für eine Sekunde Stille.

»Anton!« Mutter schrie entsetzt den Namen seines Vaters.

»Moni, kannst du mir …« Der Satz seines Papas wurde durch einen überraschten Schrei Mamas, ein dumpfes Klatschen und einen gleichzeitigen männlichen und weiblichen Aufschrei unterbrochen. Danach hörte man nur ein schmerzerfülltes Wimmern.

Maxl befürchtete Schreckliches. Er schlich sich zum Fenster und blickte vorsichtig hinaus. Was er da sah, brachte ihn unweigerlich zum Lachen.

Seine Mutter lag quer über seinem Vater und versuchte sich gerade auf ihm abzustützen und aufzustehen. Allerdings schienen ihre Füße keinen Halt auf dem Weg zu finden, wodurch sie immer wieder ausrutschte und erneut auf ihren Mann fiel.

»Wo kommt denn dieses Glatteis her?«, fragte Maxls Vater, der sich allmählich an die Schmerzen und das ständige Wegrutschen seiner Frau zu gewöhnen schien.

»Keine Ahnung!«, beteuerte die und begann zu lachen. »Steht dir übrigens hervorragend, Schatz!«

Ihr Mann blickte zunächst irritiert, bis er verstand, was sie meinte. Er war beim Wegrutschen seitlich mit dem Kopf in einen alten Blecheimer gefallen, den seine Frau als Staudengefäß dekorativ an den Wegrand gestellt hatte. Erde bröckelte über seine Stirn. Der Eimer sah wie ein silberner Hut aus. Da musste Maxls Vaters ebenso laut lachen. Schließlich halfen sie sich gegenseitig hoch und gingen eng umschlungen und vorsichtig nach innen.

Das war der Zeitpunkt, an dem Maxl beschloss, die Gießkanne die nächsten Tage unter seinem Bett zu verstecken, das Sieb in sein Rucksäckchen zu schieben, das Netz unter die alten Decken in seinem Kleiderschrank zu stopfen und sich intensiv einem Pumuckl-Puzzle zuzuwenden.

Seine Eltern hingegen verdächtigten ihn gar nicht, sondern hielten ihren Ausrutscher offenbar für höhere Gewalt. Beide begaben sich für die nächste Stunde zum »Wundenheilen« in ihr Schlafzimmer, wo sie Maxl nicht stören wollte. Nicht dass sie noch auf falsche Gedanken kämen …

Der Schnee waar so schee

Kaum kommt drauß' die weiße Pracht,
die d' Frau Holle hat gemacht,
halt's dahoam koa Kind mehr aus.
Wolln zum Schlittenfahrn hinaus.
Schlitten schnell vom Speicher holen,
Schuah' anziehn mit Wintersohlen,
in d' Handschuah', Mützn einigschlupft,
Schlitten gleich auf d' Schulter glupft.

Dann rutschn d' Kinder auch schon los
über d' Hügel, kloa wia groß.
Habn koa Angst, fahrn einfach zua,
ganz gleich, ob Madl oder Bua.
Solang die Alten z' Haus nur bleibn,
genießen d' Kinder 's weiße Treibn.
Und fliagt amal a Schneeball rum,
a Kind bringt des noch lang net um.

Doch sind die Alten erst dabei,
geht's gleich los mit Jammerei:
»Kind, pass auf!« – »Dua net so wild!« –
»Verletz dich net!« – »Bist net schon müd?«
Vor lauter »Vorsicht!« von die Alten
werd's schwer, den Spaß dran zu behalten.
Leut, lassts einfach d' Kinder macha,
lassts es spieln und lassts es lacha.

Lassts es einfach mal austobn!
Halts euch z'ruck und bleibts am Bodn!

Barbarazweige

Am Anfang von der staaden Zeit,
da werdn die Kirschzweig' zwickt.
Auch Rosa zwickt die Zweige heit,
stutzt stolz den Baum und nickt.

Dann stellt s' die Zweig' an Barbara
ins Wasser, in die Wärm,
dann blüht die Blüte wunderbar
bis zur Geburt des Herrn.

Doch grau ist alle Theorie.
Die Praxis zeigt ein andres Bild:
Geblüht hat diese Blüte nie,
scheint dazu nicht gewillt.

Heimlich kommt der Januar,
die Weihnacht ist vorbei,
blüht die Blüte wunderbar.
»Barbara, des kann's net sei'!«

»Wie feiert man im Himmel Weihnachten?«

»Weißt du eigentlich, ob im Himmel auch Weihnachten gefeiert wird, Mama?«, fragte die kleine Marie. Das Mädchen hatte sich gerade unter die Bettdecke gekuschelt und sich von ihrer Mutter drei Weihnachtslieder vorsingen lassen. Der Gesang war an jedem Adventsabend gute Tradition bei ihnen zu Hause.

»Mhm, kleiner Spatz«, antwortete die Mutter, »ich denke schon. Es wäre ja für die Engel, das Christkind, den lieben Gott und alle anderen ziemlich doof, wenn sie den Menschen beim Glücklichsein nur zuschauen, selbst aber nicht mitfeiern könnten.«

Angestrengt musste Marie nun über die Worte der Mutter nachdenken.

»Du bekommst ja gleich Denkerfalten«, lachte die. »Was beschäftigt dich denn so, kleine Maus?«

Doch Marie hörte nicht auf diese Worte, sondern fragte ihrerseits: »Wenn im Himmel also Weihnachten gefeiert wird, wie läuft das dort ab? Ich meine, es ist ja dann der Geburtstag von Jesus, machen die dann so eine richtige Geburtstagsfeier wie wir?«

»Nein, ich glaube, die machen keine Geburtstagsfeier, wie sie bei uns wäre«, entgegnete die Mutter. »Wahrscheinlich singen sie eher ganz viele Lieder, vielleicht tanzen sie sogar und freuen sich einfach über diesen wundervollen Tag.«

Erneut war Marie wie in Gedanken verloren. Die Mutter aber wollte endlich wissen, was ihr Kind so beschäftigte: »Marie, jetzt sag mir, über was du nachdenkst.«

Doch wiederum ging das Mädchen nicht darauf ein: »Wenn du sagst, die singen und tanzen, denkst du dann, dass die auch so richtiges Essen bekommen? Also ich meine, kriegen die da auch Bratwürste, Sauerkraut und so was?«

»Ich denke nicht, dass man im Himmel Bratwürste und Sauerkraut isst. Eher irgendwelche himmlischeren Speisen, wie Brot und Wein.«

»Ohhh! Ohhh!«, flüsterte Marie.

»Was meinst du?«, fragte die Mutter. »Was heißt ›Ohhh! Ohhh!‹?«

Marie überlegte kurz, und dann sprudelte es aus ihr heraus: »Ja, du hast doch gesagt, Opa Schorsch ist jetzt im Himmel, schaut auf uns herunter, beschützt uns und ist glücklich. Aber wenn er jetzt da oben Weihnachten feiern muss, ohne dass er seine geliebten Bratwürste mit Sauerkraut und einer Halben Bier kriegt, dann wird er ganz schön böse sein. Er hat immer zu mir gesagt: ›Weihnachten ohne Bratwürste ist wie Bayern ohne Berge‹! Und wenn er dann noch tanzen und mit den Engeln singen muss, dann glaube ich, würde er lieber wieder hier bei uns sein. Denn mit Oma wollte er ja nie tanzen und singen.«

Die Augen der Mutter wurden feucht: »Da hast du recht, meine Kleine. Jedes Mal wenn Oma tanzen wollte, hat er gesagt: ›Geh, lass mich in Ruah mit dem Schmarren‹.« Sie nahm ihre kleine Tochter ganz fest in den Arm und wiegte sie sachte hin und her. Schließlich sagte sie: »Weißt du, Marie, Opa wäre sicher sehr gerne bei uns. Aber das geht leider nicht.«

»Wir könnten ihm doch zumindest Bratwürste, eine Dose Kraut und eine Halbe Bier aufs Grab stellen«, schlug das Mädchen vor, worüber ihre Mutter herzlich lachen musste.

Doch so kam es, dass auf dem Grab von Opa Schorsch in diesem Jahr ein paar Bratwürste, eine Dose Sauerkraut und natürlich eine Halbe Bier neben einem kleinen Christbäumchen standen. Ein wirklich seltener Anblick zwischen den Tausenden Lichtern und den vielen Weihnachtsgestecken und -kränzen auf dem Friedhof. Und nicht wenige Besucher haben über diesen seltenen Grabschmuck gerätselt und verständnislos den Kopf geschüttelt.

Nur Marie und ihre Mutter wussten, was es damit auf sich hatte. Sie waren stolz auf ihre Idee und freuten sich, Opa Schorsch eine solche Freude machen zu können.

Als Marie am Heiligen Abend glücklich und zufrieden im Bett lag, dachte sie an das Essen auf dem Grab und flüsterte ganz leise: »Lieber Opa, lass es dir schmecken!«

Du Macht

Du Macht,
die mich leitet,
du Macht,
die mich treibt,
du hast
mich begleitet,
du bist
es, die bleibt.

In
Deinen Händen
liegt
all mein Tun.
Will
nicht verschwenden,
will
noch nicht ruhn.

Gute Nachbarschaft …

… unter Männern

Der eine trottet am Morgen nach den Weihnachtsfeiertagen gemächlich zum Briefkasten. Kommt der andere, der gut befreundete Nachbar, vorbei zum Gedankenaustausch.

Der eine: Ahhh! Servus! Guten Morgen!
Der andere: Guten Morgen!
Der eine: Und?!?
Der andere: Passt scho!
Der eine: Dann ist's recht!
Der andere: Und selber?
Der eine: Passt aa!
Der andere: Ja, mei, so is das!
Der eine: Du sagst es!

Beide am Heimgehen

Der andere: Also dann …
Der eine: Froh bin ich schon, dass' endlich rum is!
Der andere: Du sagst es!
Der eine: Also dann: Mach's guat!
Der andere: Genauso mach ma's!

Beide ab

… unter Frauen

Die eine trottet am späteren Morgen nach den Weihnachtsfeiertagen hektisch zum Briefkasten, weil der

Mann vorher vergessen hat, beim Reingehen die Zeitung mitzubringen. Kommt die andere, die gut befreun..., die gut bekann..., die Nachbarin, vorbei zum Gedankenaustausch.

Die eine: Ahhh! Gut' Morgen! Auch schon ausgeschlafen? Mei, das Aufstehen wird dir schwergefallen sein, nach diesen harten Weihnachtstagen.

Die andere: Guten Morgen! Du, ich bin immer eine Frühaufsteherin. Also selbst an den Sonntagen, wo ihr gemütlich im Bett liegen bleibts, da bin ich schon ganz früh wach.

Die eine: Und, wie waren die Tage?

Die andere: Mei, das war so schön. Es ist schon losgegangen am Heiligen Abend, da haben wir uns ein leckeres Raclette gemacht. Mein Mann, er ist ja so romantisch, hat dann in der Stube überall Kerzen angezündet, Weihnachtsduft war in allen Räumen, dann haben uns ganz viel Zeit beim Essen gelassen, mein Mann liebt ja Raclette, er ist da immer so geduldig, dann haben wir gemeinsam gesungen, Geschenke ausgepackt, er hat mich in den Arm genommen und geküsst, wir haben gesungen ...

37 Minuten und 16 Sekunden später

Die andere: ... Ja, so sind dann gestern spätabends unsere letzten Verwandten abgereist. Mei, mir sind gleich Tränen in den Augen gestanden, weil's so schön war! Aber jetzt genug von uns. Wie war's bei euch?

Die eine: Mei., so schön war's, so schön schon! Am Heiligen Abend hat mir zum Mittagessen mein Mann schon einen Strauß Rosen mitgebracht, der alte Charmeur. So zärtlich war er wieder, mei, ich bin ja noch so verliebt in meinen kleinen Pupsibär. Dann haben wir gemeinsam die letzten Vorbereitungen getroffen, haben uns ganz viel geküsst, dazwischen natürlich …

39 Minuten und zwei Sekunden später

Die eine: Mei, das war so schön! Und das war der Erste Weihnachtsfeiertag. Richtig schön ist es dann aber erst am Zweiten Weihnachtsfeiertag geworden. Da ist's in der Früh schon losgegangen mit …

17 Minuten und 53 Sekunden später

Die eine: Auf jeden Fall könnte für mich jeden Tag Weihnachten sein.
Die andere: Oh ja, für mich auch! So schön ist das!
Die eine: So, jetzt muss ich aber rein.
Die andere: Ja, wie die Zeit vergeht! Aber mich freut's so, dass ihr so schöne Tage hattet. Pfiat de!
Die eine: Macht's euch auch weiterhin schöne Tage! Pfiat de!
Die andere: Machen wir! Und du, du kannst ja dann morgen wieder ganz lang schlafen in der Früh, gell!

Beide ab

A weicher Wind

Könnts ihr euch des vorstelln, Leut,
wenn d' Not und d' Sorgn sind so weit?
Wenn koa bös' Wort mehr über d' Lippen kummt
und net mal der Vater grantig brummt?

's is, als hätt a weicher Wind
gschafft, dass alles Böse verschwindt.
's is, als hätt 's Lebn an bsondern Sinn,
als steckt' alle Weisheit im Herzn nur drin.

Wann dieser weiche Wind wohl weht?
Wenn 's Weihnachtslicht im Herz aufgeht!
A Wunder bsuacht dann d' Welt,
zeigt uns des, was wirklich zählt.

Weihnachtsgsang

An einem Abend jedes Jahr
erschrickt die ganze Engelschar.
Da halten sie sich d' Ohren zu –
die Menschen störn die Weihnachtsruh.

Jeder packt das Gsangbuch aus:
Gsungen wird in jedem Haus.
Denn dann stimmt der Vater an
seinen weihnachtlichen Gsang.

Und die Mutter setzt mit ein,
mit dazua die Kinderlein.
Die Omas können's auch net lassen,
des Gesangbuch anzufassen.

Jeder singt, so wie er will:
der eine laut, der andre still,
der eine hoch, der andre tief,
der eine klar, der andre schief.

Doch wenn's auch noch so fälschlich klingt,
schön ist's trotzdem, wenn man singt.
Die Ohren halten's sicher aus,
und Hauptsach, d' Freud kehrt ein ins Haus.

Der kloane Lord

Schatz,
jetzt kommt gleich der »Kloane Lord«.
Schaun ma den an? Des waar schee.

I
mag den Schmarrn net jeds Jahr sehn.
Immer der gleiche Frauenkrampf, glaubst as.

Schatz,
bitte, i mag des halt einfach so gern.
Da komm i so richtig in Weihnachtsstimmung.

I
komm mit dem Film net in Weihnachtsstimmung.
Aber guat, weil Weihnachten is, darfst den anschaun.

…

Schatz,
is alles guat bei dir? Hast was im Aug?
Oder hast dir an Schnupfen gholt?

I
hab mich net verkühlt, und im Aug hab i auch nix!
Mir regt nur der Film so auf.

Schatz,
also guat, dann schalt i was anderes her.
Du hast mich überzeugt, der kommt nächsts Jahr eh
wieder.

I
mein' des fei net so, lass' no da.
Des passt schon, darfst schon anschaun.

Schatz,
naa, des mag i net, wenn du dich so quälst!
Schließlich soll ma beide des Programm bestimmen.

I
möcht aber, dass du den ›Kloana Lord‹ sehn kannst.
Punkt, aus, basta, guat is'.

Schatz,
sag amal, hast du wirklich nichts im Aug?
Die schaun so wassrig aus.

I
hab nix in die Augen, is nur a Zug gwesn.
Jetzt schau dein' Schmarrnfilm an, sonst werd i
grantig.

Herrschaftszeiten, Weihnachtszeit ...!

Herrschaftszeiten, Weihnachtszeit!
Überall nur Fröhlichkeit!
An jeder Ecke Zimtsternduft,
alles ist voll Glühweinluft.

Herrschaftszeiten, aber aa!
Mir wird's hier gleich so sonderbar.
Mein Herz werd warm, mei' Brust, die brennt,
Herrgott naa, es ist Advent.

Herrschaftszeiten, liabe Leut!
Denkts dran, es is die bsondre Zeit.
Springts übern Schatten, lebts es aus
und lassts des Christkind 'nei ins Haus.

Herrschaftszeiten, Weihnachtszeit!
Wie s' du nur schaffst, die Friedlichkeit.
Und ehrlich gsagt, mir tut's net weh.
Weihnachtszeit, mit dir is' schee!

Autorutschen

Wenn die Straßen zug'eist sind,
freut sich der Vater wie a Kind.
Dann fängt des Autorutschen an,
da nehmen s' ihre Wagen ran.
Da darf der Maxl aa mal ziahng
und darf's mal unterm Hintern spürn,
wenn 's Heck dann wie a krummer Kuhschwanz
schwanzelt, und der Vater ganz
knapp an Nachbars Zaun vorbeilenkt
und sich d' Mayer-Zenz des Gnack schier verrenkt.
Da kommen die oiden Freunde raus,
denn die Straßen sind bluatig glatt vorm Haus.
Der Tischler-Sepp, der Schneider-Bo,
der Müller-Wigg, der Huber-Tscho:
Wie vor dreiß'g Jahr' rutschen s' dann rum,
die Fraun sind daheim und schaun recht dumm.
Des hätten s' von ihre Alten nimmer 'dacht,
dass a bissl Schnee aus ihnen solche Kinder macht.
Doch da wird net lang nachgefragt,
denn es passt, wie 's Sprichwort sagt:
Alt werdn muaß zwar a jeder,
aber erwachsen werdn, des langt no' später.

Mit Kim hat man's schwer

Kim war wirklich eine selten dämliche Hündin. Wir hatten sie schon zu drei verschiedenen Hundeschulen gebracht – ohne Erfolg. Sie hörte nicht einmal auf »Platz!« oder »Hier!«. Egal wann wir Gassi gingen und egal wer mit ihr Gassi ging, Kim verstand kein Kommando. Dementsprechend mussten wir die hellbraun leuchtende Golden-Retriever-Dame immer an der Leine lassen.

Letztes Weihnachten hatten wir sie aus dem Tierheim geholt. »Sie ist etwa drei Jahre alt«, hatte uns der Tierpfleger damals gesagt, »und wohlerzogen.« Ich hatte mich sofort in die großen, dunklen Kastanienaugen verliebt. Sie hatte mich so treuherzig angeblickt, hatte sich sofort streicheln lassen und war äußerst zutraulich gewesen.

Doch kaum waren wir zu Hause, schien die Hündin wie ausgewechselt. Sie war zwar immer noch zutraulich, doch sprang sie wie wild durch unser Haus, verwüstete und zerbiss alles, was ihr zwischen Pfoten und Schnauze kam, und ließ sich nicht bändigen.

»Geben wir sie wieder zurück?«, sagte mein Vater im Januar.

»Bitte, Papa, probieren wir's mit Kim!«, bettelte ich.

»Wir lassen ihr noch neun Monate Zeit, dann muss sie zurück«, legte Mama im März fest.

»Ein Jahr müssen wir ihr schon Zeit geben«, ergänzte ich im Juni.

»Vielleicht lag es ja doch nur an der Hundetrainerin«, meinte Mutter im September, nach dem dritten gescheiterten Hundeschulenversuch.

Und im November kam von meinen Eltern der Satz: »Ende Dezember geben wir Kim wieder zurück und holen uns einen anderen Hund.«

»Ist wahrscheinlich leider das Beste«, antwortete ich. »Ich will einen Hund, der normal ist, nicht so ein verrücktes Tier.«

Meine Mutter nickte zustimmend, und ich fügte hinzu: »Vielleicht wird es ja im nächsten Monat doch besser.«

»Ist das dein Ernst?«, lachte mein Vater. »Das wird niemals besser. Kim ist einfach nur dämlich.«

Kim, die während dieses Gesprächs mit im Wohnzimmer war und ausnahmsweise einmal ruhig dalag und nichts herunterschmiss, zuckte bei Vaters Satz zusammen. Ich weiß, das klingt jetzt völlig seltsam, aber sie hob danach ihren Kopf und schien mich bewusst anzuschauen. Da waren sie wieder, diese treuherzigen Augen. Konnte sie mich verstanden haben?

Was dann geschah, war noch viel seltsamer: Die Hündin stand von ihrem Platz auf und trottete langsam in eine Ecke des Zimmers. Dort ließ sie sich nieder. Allerdings hatte sie ihren Kopf völlig von uns abgewandt und starrte apathisch auf die Wand.

Als ich am nächsten Morgen noch im Bett lag, hörte ich, wie jemand etliche Male versuchte, die Klinke meiner Schlafzimmertür herunterzudrücken. Schließlich gelang es, und die Tür ging auf. »Wahrscheinlich holt mich Mama zum Frühstück«, dachte ich. Plötzlich stupste mich etwas in den Rücken.

»Lass mich, Mama, ich will noch schlafen«, sagte ich, noch müde.

Aber es stupste weiter. Also drehte ich mich schweren Herzen doch um und blickte in zwei kastanienbraune Augen. Kim stand direkt vor meinem Gesicht und hatte in der Schnauze … eine Kerze! Ich wusste nicht, was ich davon halten sollte. Doch die Hündin blickte mich unverwandt an.

»Willst du mir etwas sagen?«, flüsterte ich.

Da legte sie die Kerze auf mein Kopfkissen und ihren Kopf auf meine Hand. Das hatte sie ja noch nie gemacht! Was war in sie gefahren?

Nach einiger Zeit nahm ich die Kerze, stand auf und trottete in die Küche. Kim ging hinter mir her. Völlig ruhig.

»Ah, du hast die Adventskranzkerze. Ich habe mich schon gewundert, wo sie ist!«, begrüßte mich meine Mutter. »Dann können wir ja gleich das erste Lichtlein anzünden.«

Stimmt! Es war der erste Adventssonntag. Die erste Kerze. Hatte Kim das gespürt? Gewusst? Oder war alles nur Zufall?

Am nächsten Adventssonntag wiederholte sich dieser merkwürdige Vorgang. Auch am dritten und ebenfalls am vierten. Jedes Mal weckte mich die Hündin mit der Kerze in der Schnauze auf und blickte mich aus ihren dunklen Augen treuherzig an.

Schließlich kam der Heilige Abend. Die Lichter am Christbaum waren angezündet, weihnachtliche Musik erklang aus dem Radio, und die Geschenke lagen unter dem Baum.

Ans Christkind glaubte ich schon seit drei oder vier Jahren nicht mehr, aber der weihnachtliche Zauber war trotzdem geblieben.

Eigentlich wollte mein Vater Kim an diesem Tag aus dem Haus aussperren. Er hatte zu viel Angst, dass sie etwas am Christbaum oder an den Geschenken zerstören könnte.

»Gib ihr eine Chance«, hatte jedoch meine Mutter gesagt, und er hatte nachgegeben. Ich musste immer noch über die seltsamen Besuche der Hündin am Morgen der Adventssonntage nachdenken.

Kim störte oder gefährdete die weihnachtliche Schönheit nicht. Sie stand in einer Ecke des Wohnzimmers, völlig regungslos, und blickte nur zu mir.

In diesem Moment kam meine Mutter aus der Küche und fragte: »Bist du fertig? Können wir essen?«

Ich antwortete: »Ja! Es ist alles an seinem Platz!«

Da geschah das Unbegreifliche: Kim legte sich auf den Boden! Sie machte »Platz«! Konnte das möglich sein?

Mama und ich schauten die Hündin ungläubig an. Aufmunternd nickte Mutter mir zu: »Probier's!«

Ich wusste sofort, was sie meinte. Mit pochendem Herzen flüsterte ich: »Kim, hier!«

Keine Reaktion. Die Hündin blickte mich an.

Wusste ich's doch! »Einfach nur dämlich, dieser Hund!«, sagte mein Vater, der gerade aus dem anderen Zimmer gekommen war.

Genau in diesem Augenblick sprang Kim auf, bellte, wedelte mit dem Schwanz und sprang auf mich zu! Ihre Augen strahlten voller Freude. Sie drückte ihren Kopf an meine Beine, kuschelte sich ganz fest zwischen meine Hände. Und ich? Ich streichelte sie! Ich drückte sie! Ich herzte sie!

Schließlich ging ich in die Hocke und sah in diese wundervollen dunklen Hundeaugen, die mich ihrerseits liebevoll anschauten.

Wie konnte ich nur jemals so über diese Hündin denken? Wie kann man von jetzt auf gleich nur so unendlich viel Zuneigung für ein Tier empfinden? Ich hatte keine Antwort. Ich spürte nur, dass es so war.

An diesem Heiligen Abend ließ ich Kim keine einzige Sekunde aus meinen Armen. Beim Liedersingen lag ihr Kopf in meinem Schoß. Sogar beim Geschenkeauspacken machte die Hündin mit, ganz vorsichtig, wenn auch etwas unbeholfen.

Seit diesem Heiligen Abend habe ich eine neue, wirkliche Freundin gefunden. Eine Freundin, die so treu, so liebevoll, so ehrlich ist, wie man sie in der Welt der Menschen nur sehr schwer finden könnte.

Haustiere unterm Christbaum

Wenn die Gans unterm Christbaum miaut
und der Hamster Jingeling bellt,
die Katze ein Weihnachtslied pfeift,
die Schildkröte die Vögel ankeift,
der Hase fürs Christkindl schellt,
schimpft der Hund: »Seids net so laut!«

Der dicke Weihnachtskäfer Friedolin

Der Weihnachtskäfer Friedolin
ließ sich vom Glanz des Baums anziehn.
Flog um die heißen Kerzen rum,
mit lautem Summ und großem Brumm.
Doch einer kam er dann zu nah –
Glühwürmchenflug ist wunderbar.

Poldi, der Schmusetiger

Poldi war plötzlich nicht mehr da. Eigentlich normal für einen Kater, dass er ab und zu ein paar Tage herumstreunt. Aber nicht für Poldi, nicht für meinen Poldi.

Vor knapp zwei Jahren hatten wir diesen schwarzgrau getigerten Schmusekater bekommen. Noch nie habe ich einen so verspielten und so kuschelfreudigen Hausgenossen wie Poldi erlebt. Sein zufriedenes Schnurren beim Streicheln und sein ständiges Anschmiegen verzauberten mich immer wieder aufs Neue. Und noch dazu war er ein richtiger Stubenhocker, beschränkte seine Ausflüge nach draußen auf ein Minimum und genoss das ständige Gestreicheltwerden im eigenen Wohnzimmer viel mehr.

Genau das machte die Sache so eigenartig. Niemals war Poldi bis dahin länger als wenige Stunden weg von daheim gewesen. Doch Ende Oktober war er verschwunden. Es war ein sehr warmer Herbst, weshalb wir zunächst keine große Angst um ihn hatten. Die ersten Tage haben wir einfach gehofft, er würde jeden Augenblick vor der Tür stehen. Doch vergeblich.

Nach einer Woche hängten wir in unserem Dorf Suchplakate auf. Leider ohne dass irgendeine Reaktion darauf gekommen wäre. Langsam machte sich die Befürchtung in uns breit, dass Poldi vielleicht an der nahe gelegenen, stark befahrenen Straße unter die Räder eines Autos gekommen sein könnte. Das sieht man dort öfter.

Wir versuchten auch, ihn durch das Aufstellen von kleinen Schälchen seiner Lieblingsnahrung anzulocken. Aber das war eher ein Zeichen von Verzweiflung als ein wirklich geeignetes Mittel. Denn Poldi würde immer zu uns kommen, egal ob mit oder ohne Köder.

Ich muss sagen, in dieser Zeit saß ich oft abends in meinem Schlafzimmer und kämpfte mit den Tränen. Es ist unbeschreiblich, wie ich diesen Schmusetiger mit den tiefen dunklen Augen innerhalb der letzten beiden Jahre lieb gewonnen hatte.

Schließlich fanden wir uns schweren Herzens mit Poldis Verschwinden ab. Der Dezember brach an, die Tage wurden kürzer, die Nächte länger und frostiger. Bei diesen Temperaturen hatte Poldi sicher keine Chance mehr, im Freien und ohne Nahrung zu überleben.

Am dritten Adventssonntag saßen wir gemeinsam mit einigen Freunden im Wohnzimmer. Die drei Kerzen brannten, im Hintergrund liefen bekannte Weihnachtslieder, und wir lachten und amüsierten uns. Von Zeit zu Zeit fiel mein Blick – wie so oft in den letzten Wochen – auf das leere Körbchen vor dem Kachelofen, in dem Poldi immer so gern gelegen und geschnurrt hatte. In diesen Augenblicken hörte ich das Lachen um mich herum nur noch dumpf wie unter einer großen Glashaube, und meine Gedanken wanderten durch die Galerie der vielen wunderschönen Augenblicke mit meinem lieben Kater, die vor meinem inneren Auge wieder lebendig wurden.

»Da kratzt was an der Terassentür!«

Wer hatte das gesagt? Ich erwachte aus meiner geistigen Abwesenheit und wusste keine Antwort darauf.

»Ich schau mal nach«, sagte ich, ging zur Glastür und öffnete sie.

Nichts! Nichts außer bitterkalter Frostigkeit.

»Da ist nichts draußen«, sagte ich, »vielleicht hat irgendein Ast an der Scheibe gekratzt.«

Doch da! Ein kleiner Schatten bewegte sich unter der Hecke hervor. Je näher er kam, desto klarer erkannte ich das mir so gut bekannte schwarz-grau getigerte Fell.

»Poldi, Poldi!«, schrie ich, lief auf meinen lieben Kater zu und drückte ihn ganz fest an mich. Auch er schien sich unglaublich zu freuen, mich zu sehen. Er schmiegte sich an meine Brust, begann sofort zu schnurren und schleckte mit seiner kleinen Zunge an meinem Zeigefinger.

Alle im Wohnzimmer hatten die größte Freude an dem Überraschungsgast. Sofort wurde Milch gebracht und Poldi von allen Seiten gestreichelt.

»Dem kann's ja die letzten Wochen nicht so schlecht gegangen sein, oder? Der ist ja viel dicker als vorher!«, sagte mein Bruder.

»Ist wahrscheinlich das Winterfell«, antwortete ich.

Die nächsten Tage waren einfach toll. Poldi bewegte sich keinen Zentimeter aus dem Haus, war kuschelbedürftig wie eh und je, wenn nicht sogar noch mehr.

Am Heiligen Abend allerdings verhielt er sich plötzlich seltsam. Er war abweisend gegenüber allen. Es schien, als schmerzte ihn jede unserer Berührung. Die meiste Zeit lag er nur schlapp da und stieß vereinzelt ein schmerzhaftes Wimmern aus.

Hatte er sich in den Wochen seiner Abwesenheit eine Krankheit eingefangen, die jetzt ausbrach? Sollten wir zum Tierarzt? Am Heiligen Abend? Wie könnten wir ihm helfen?

Wir entschieden uns, bis morgen zu warten und dann zu handeln. Ich legte Poldi in sein weiches Körbchen vor den Kachelofen und streichelte ihm sanft über sein Fell.

»Das wird schon wieder, lieber Poldi«, flüsterte ich ihm zu.

Als ich am folgenden Weihnachtsmorgen die Tür zum Wohnzimmer öffnete, bekam ich einen ziemlichen Schreck. Ein Blutfleck war mitten auf dem Fliesenboden. Und nirgends eine Spur von Poldi, sein Körbchen war leer.

Was war nur passiert? War das Blut von Poldi?

»Poldi? Poldi? Wo bist du?«,

Verzweifelt durchsuchten meine Augen den Raum. Nichts! Keine Spur von dem Kater.

Plötzlich hörte ich ein leises Miau. Ich sprang zum Sofa und blickte dahinter.

Dort lag er! Er kauerte sich in eine Ecke – und blickte mich erschöpft an. Gott sei Dank am Leben, dachte ich noch, als ich sie sah: Drei kleine Katzenbabys lagen neben ihm. Ziemlich verschmiert und verklebt zwar, aber trotzdem schon irgendwie unbeschreiblich süß!

Da streichelte ich erleichtert Poldi und musste schmunzeln. »Was ein Kater so alles zustande bringt!«, flüsterte ich. Er schnurrte nur und schmiegte sich liebevoll an meine Hand.

Der sture Christbaam

Herrgott naa, du blöder Baam,
dich kann i heuer wieder drahn,
links und rechts und hin und her,
magst wohl, dass i deppert wer'.

Du regst mich auf, des sag i dir,
wenn i erst die Geduld verlier,
schmeiß i dich zum Fenster naus –
nix wird's mit'm scheena Weihnachtshaus.

Wennst net grad wirst irgendwie
und dich anstrengst so wia i,
dann ruckn mir zwei sakrisch z'samm.
Is gleich vorbei mit'm Weihnachtsbaam!

Du bist stur, des bin i aa!
Doch aus is' mit'm Halleluja –
verschürt wirst in der Heil'gen Nacht!
Da siehst es, wer als Letzter lacht.

Tausend bunte Christbaumkugeln

Tausend bunte Christbaumkugeln
liegen in mei'm Schrank.
Tausend bunte Christbaumkugeln
machen mich noch krank.

Jedes Jahr vor Heiligabend,
da geh ich, das Unheil ahnend,
langsam in den Kellerraum,
um nach Kugeln dort zu schaun.

In einem Schrank aus Ebenholz,
da liegen sie, ganz bunt und stolz,
in großen und in kleinen Formen
und nach Multikulti-Normen.

Jetzt beginnt die Plackerei,
die endlose Rumgegrübelei;
niemand steht mir da zur Seite,
jeder sucht ganz schnell das Weite.

Es quälen mich die Weihnachtsfragen:
Was soll mein Baum denn heuer tragen?
Denn grüne Nadeln reichen kaum
für einen schönen Weihnachtsbaum.

Welche Farben soll ich wählen?
Wie viel Kugeln heut abzählen?
Welche Form ist heuer in?
Welche Größ macht wirklich Sinn?

Schließlich pack ich rote, blaue,
weiß getupfte und auch graue,
gelbe und die sternengleichen,
ließ mich auch für Grün erweichen –

Alle nehm ich auf einmal,
werd besiegen diese Qual.
Steige schnell die Treppe rauf,
setz mir ein fröhlich' Schmunzeln auf.

Und ich schmeiße voller Wonne
… alle in die Abfalltonne.
Die Moral von dem Gedicht:
Quäle dich zur Weihnacht nicht!

Der Weihnachtsvogel

Leise öffnete Frau Wenger das Fenster ihres 15-Quadrameter-Apartments. Ein Windstoß huschte herein und verfing sich in ihren weißen Haaren. Sie nahm das kleine Schälchen mit Sonnenblumenkernen in ihre fast neunzigjährigen Hände und stellte es auf das Fensterblech.

»Gleich kommt er wieder«, sagte sie leise zu sich, »seit sieben Jahren hat er mich immer besucht.«

Ihre braunen Augen starrten wartend aus dem Fenster. Als einige Minuten nichts geschah, stand sie auf und setzte sich Teewasser auf. Plötzlich begann es auf dem Fensterblech leise zu piepsen, und zwei schwarze Augen sahen sich vorsichtig um. Langsam und bedächtig schnappte sich die Blaumeise einen Sonnenblumenkern und wippte dabei mit ihrem Körper freudig auf und ab. Ihr gelb gefiederter Bauch richtete sich auf, stolz reckte sie ihren blauen Scheitel in die Höhe.

»Da bist du ja, Maxl«, rief Frau Wenger erfreut aus, »ich habe dich auch dieses Weihnachten nicht vergessen.«

Die Blaumeise schnappte sich einen Kern nach dem anderen und freute sich über den weihnachtlichen Festschmaus. Frau Wenger stellte einen Stuhl direkt an das Fenster und nahm Platz. Während sie dem Vögelchen zusah, begann sie zu erzählen:

»Heiligabend vor genau sieben Jahren war es. Da hast du dich in meine Wohnung verflogen, Maxl, und dich am Vorhang verfangen. Ich habe dich befreit und dir ein Schälchen Sonnenblumenkerne hingestellt.

Seitdem besuchst du mich jedes Jahr an Heiligabend, und ich freue mich so sehr, dich zu sehen.«

Unterdessen waren noch drei Blaumeisen zum Fensterblech gekommen und genossen nun mit Maxl die leckeren Sonnenblumenkerne.

»Ach«, seufzte Frau Wenger erfreut auf, »das sind wohl deine Kinder. Schön, dass du sie auch mitbringst!«

Als die Vögel offensichtlich satt waren, flogen sie weiter. Davor schienen sie Frau Wenger noch dankbar zuzunicken, das bildete sich die alte Frau zumindest ein.

Es sollte das letzte Vogelmahl gewesen sein, das Frau Wenger ihren Besuchern bieten konnte. Am selben Tag kam ihr Sohn mit seiner neuen Lebensgefährtin zum obligatorischen Weihnachtsbesuch. Erfreut erzählte sie den beiden ihre Vogelgeschichte. Doch statt einem Lächeln erntete sie von ihrem Sohn und dessen Partnerin nur einen verständnislosen Blick.

»Du glaubst das aber nicht wirklich, oder?!?«, fragte ihr Sohn nach einer schier endlosen Stille.

»Was meinst du?«, antwortete die alte Dame.

»Das eine stinknormale Meise sieben Jahre alt werden kann. Und vor allem dass sie jedes Jahr zu dir zu Besuch kommt.«

»Aber, aber, sie waren doch da«, stotterte Frau Wenger.

»Na klar kommen irgendwelche Vögel. Die haben doch kein Gedächtnis. Die wollen nur fressen. Wenn du ihnen Kerne hinstellst, holt sie auch irgendwer«, sagte der Sohn mit hartem Gesichtsausdruck. Seine

Lebensgefährtin nickte dazu und schenkte der alten Frau nur ein mitleidiges Lächeln.

»Mutter, so kann's nicht weitergehen. Wir geben dich ins Altenheim. Irgendwann kennst du dich sonst gar nicht mehr aus und gefährdest dich nur selbst.«

Frau Wenger hörte die Worte ihres Sohnes. Doch sie nahm diese ohne äußere Regung auf. In ihrem Inneren herrschte die reine Fassungslosigkeit.

Ihr Sohn wurde von seiner Lebensgefährtin zur Seite gezogen. »Sie scheint es nicht mehr zu überreißen, was du ihr gesagt hast«, flüsterte sie und war sich sicher, dass eine 89-Jährige dies nicht mehr hören könnte.

»Ja, da hast du recht. Nach den Weihnachtsfeiertagen holen wir sie ab. Den Platz habe ich seit vier Monaten eh schon reserviert.«

Beide wandten sich wieder zu der alten Frau und erklärten ihr mit überlauten und überdeutlichen Worten, dass sie nun gehen müssten, weil eine Weihnachtsfeier auf sie warte.

»Mach dir schöne Weihnachtstage, Mutter«, sagte ihr Sohn beim Hinausgehen und schenkte ihr ein gezwungenes Lächeln.

Als Frau Wenger an diesem Abend im Bett lag, wusste sie, dass es Zeit war zu gehen. »Es ist gut«, flüsterte sie in die Stille ihres Apartments und schloss für immer ihre Augen.

Eine kleine Meise klopfte am nächsten Morgen sacht an ihr Fenster.

Weihnachtsbann

Hell erglühen dunkle Gassen
Reizend wehen Düfte
Licht wird nun die Welt umfassen
Freud steigt in die Lüfte

Menschen leben lieb und heiter
wie im Weihnachtsbann
Lichtermeere fließen weiter
zünden alle an

Oh, wie wundervoll die Zeiten
Glück schwebt auf die Welt
Licht, nun komm, du musst uns leiten
Schenk Frieden uns, der hält!

Das kleine Schneeflöckchen Felicia

Kaum werden die Tage kürzer und die Stunden vor dem wärmenden Kamin länger, herrscht unter dem blauen Himmelsdach freudige Betriebsamkeit. Frau Holle bastelt fleißig Wolke für Wolke, aus denen sie von Mal zu Mal die Menschen mit ihrer weißen Schneepracht beschenken kann. Vorsichtig sucht sie Flöckchen für Flöckchen aus, formt sie zu einem luftigen Ball, der immer größer und größer wird, bis eine mächtige Wolke entstanden ist.

»Was machst du mit mir?«, rief eines Tages ein besonders kleines und zartes Flöckchen trotzig, als Frau Holle es mit ihren liebevollen Fingerspitzen anfassen wollte.

»Ich baue aus dir und deinen Geschwistern kleine Wölkchen, liebe Felicia, damit ihr unter dem Himmelsdach umherfliegen und zu Weihnachten den Menschen eine weiße Freude bescheren könnt«, antwortete Frau Holle.

Das kleine Schneeflöckchen Felicia sah Frau Holle mit großen Augen an. Ihre dünnen Eiskristallfingerchen ballten sich zu einer Faust, und sie sagte: »Das will ich nicht. Lass mich in Ruhe!« Mit aller Kraft riss sie sich los und wirbelte davon.

Da lächelte Frau Holle und blickte dem Flöckchen hinterher.

Sie baute fröhlich weiter an neuen Wolken, Flöckchen für Flöckchen.

Nach nicht allzu langer Zeit hörte Frau Holle eine ihr wohl bekannte Stimme. »Was machen wir denn auf der Erde?«

»Ah, Felicia, du kommst doch zurück!«, stellte sie fest und sah dem Schneeflöckchen in die Augen.

»Aber nur weil mich interessiert, was wir unten auf der Erde zu tun haben, und nicht weil ich sicher mitmachen werde«, sagte Felicia trotzig.

»Hmmm, du möchtest also wissen, was ihr zu tun habt, kleines Schneeflöckchen«, entgegnete Frau Holle und nickte verständnisvoll. »Ehrlich gesagt, weiß ich das nicht …«

»Na, das ist ja super!«, fiel ihr Felicia ins Wort. »Erst willst du mich in diese Wolke stecken, damit ich auf die Erde falle, und dann kannst du mir noch nicht mal sagen, was ich da drunten machen soll. Phhh! Das ist ja 'ne ganz, ganz tolle Idee!«

»Lass mich doch ausreden, Felicia!«, sagte Frau Holle ruhig, aber bestimmt. »Also, ich kann nicht sicher sagen, was aus dir wird. Vielleicht wirst du von den Menschenkindern zu einem Schneeball geformt, und es wird mit dir gespielt. Oder du fällst auf Bäume und Wälder und wirst zu einem wunderschönen Schneekristall, das in den Winternächten die Welt glitzern lässt. Es könnte aber auch sein, dass du auf einen Berg fällst und die Menschen auf dir Schlitten oder Ski fahren. Wenn du ganz viel Glück hast, wirst du vielleicht ein Teil eines Schneemanns, der in den Wintermonaten die Gärten und Wiesen der Menschen verschönert. Aber ganz egal, was du auf der Erde machen wirst, sicher ist, dass du den Menschen eine große Freude bescherst.«

Das Schneeflöckchen schwebte nachdenklich neben Frau Holle und sagte: »Das hört sich ja alles gar nicht sooo schlecht an.«

»Und das Beste ist, dass du im Frühling, wenn der Schnee schmilzt, wieder zu mir in den Himmel kommst. Im nächsten Winter hast du dann wieder eine neue Gelegenheit, auf die Erde zu fliegen«, erklärte ihr Frau Holle.

Das kleine Schneeflöckchen kniff nun ganz fest ihre Äuglein zusammen und dachte fieberhaft nach. Sollte sie? Sollte sie nicht? Sollte sie? Sollte …?

»Na gut, ich will«, entschloss sich nun Felicia. Kurz darauf wurde sie mit viel Liebe und Geduld von Frau Holle in eine Wolke eingearbeitet.

Am Ersten Weihnachtsfeiertag schlug ihre große Stunde. Das kleine Schneeflöckchen schwebte mit Tausenden, ach was sag ich, mit Hunderttausenden ihrer Geschwister zur Erde hinab. Im Garten der Hubers legte es sich gemütlich auf ein kleines Hügelchen und wartete gespannt, was es erleben würde. Es dauerte nicht lang, da wurde die Tür der Hubers aufgerissen.

»Schnee, Schnee!«, rief Pius, der kleinste Spross der Hubers, nahm seinen Vater bei der Hand und zog ihn hinaus aus dem Haus. »Endlich schneit es!«

Schnell liefen ihnen auch die anderen Familienmitglieder in den Garten hinterher und jubelten fröhlich.

»Kommt! Lasst uns einen Schneemann bauen«, schlug Emma, Pius' Lieblingsschwester, vor.

»Oh ja!«, riefen alle Hubers und begannen sofort Kugeln aus dem Schnee ihres Gartens zu rollen – aus dem Schnee, zu dessen Schönheit auch Felicia ihren Teil beitragen konnte.

»Schneemann! Ich werde zu einem Schneemann!« Das Herz des kleinen Schneeflöckchens pochte wie wild vor Freude und Aufregung. Sie erinnerte sich an die Worte Frau Holles, die ihr ja erzählt hatte, dass es mit das Höchste für eine Schneeflocke ist, ein Schneemann zu werden.

Da es in diesem Jahr ein besonders kalter, aber herrlich strahlender Winter war, stand der Schneemann fast drei Monate im Garten der Hubers. Pius hatte ihm im Lauf der Zeit ein Schwert, einen Schild und ein Steckenpferd verpasst und ihn »Schneemannritter Kunibert« genannt. Was mit diesem Kunibert so alles geschah, ist eine andere Geschichte, die ich gleich auch noch erzählen werde.

Felicia jedenfalls erlebte einen unvergesslichen, wundervollen Winter und kam im Frühling zurück in den Himmel. Dort wartet sie schon voller Vorfreude auf die kalte Zeit und auf das Glück, das sie den Menschen dann wieder bescheren darf.

Der Schneemannritter Kunibert

Der Schneemannritter Kunibert,
der hatt' ein scharfes Ritterschwert,
dazu ein edles Steckenpferd.

Obwohl sich dieser Kunibert,
stolz sitzend auf sei'm Steckenpferd
mit seinem tollen Ritterschwert,
stets über zu viel Licht beschwert,
blieb er doch lange unversehrt,
da ihm ein Baum 's Licht abgwehrt.

Weil Schneemannritter Kunibert
sich nicht nur übers Licht beschwert,
sondern d' Wärm sein Leid vermehrt,
ward ihm das Leben doch erschwert,
da nur ein Baum und 's Ritterschwert
die blöde Hitz recht schlecht abwehrt.

Bald schon fiel Schneemann Kunibert
von seinem treuen Steckenpferd,
es purzelte das Ritterschwert
aus seiner Hand auf feuchte Erd.
Ja, jetzt ist Schneemann Kunibert
nur noch die beiden Kohlen wert,
die ihm sein Augenlicht beschert.
Die liegen nun trist auf der Erd
gleich nebn dem schönen Steckenpferd.
Nun ist er weg, der Kunibert,
vereint mit allzu feuchter Erd.
Dort liegt er, nicht beneidenswert,

noch bis der Winter Schnee beschert.
Doch fallen d' Flocken auf die Erd,
kommt er zurück, der Kunibert.

Der Kunibert war's, der erfährt,
dass d' Wärme ihm das Lebn erschwert.
Doch darauf legte Kunibert
nun eher keinen großen Wert.
Drum schnappt' er sich sein Steckenpferd,
nahm in die Hand sein Ritterschwert
und macht' auf seinem Absatz kehrt;
dann schnell noch über d' Wärm beschwert,
er fühle sich wie auf'm Herd,
wird Zeit, dass er den Rücken kehrt
der allzu warmen Wintererd.

Nach Norden ritt der Kunibert
auf seinem stolzen Steckenpferd.
Hat auf sei'm Weg nicht umgekehrt,
bis d' Kälte ihm sein Wohl beschert.

Am Nordpol steht nun Kunibert
zufrieden mit sei'm Steckenpferd.
Ihn lässt die Sonne unversehrt
an diesem kalten Fleckchen Erd.
Der Schneemannritter Kunibert
hat sich nun gar nicht mehr beschwert,
war ganz zufrieden, unversehrt,
hat auch sein Leid ganz abgewehrt.

Doch da kam Eisbär Engelbert
und hat dem Schneemann Kunibert

trotz seines großen Ritterschwert'
gar viele Prügel schnell beschert.
Wär doch der arme Kunibert
auf seinem Weg noch umgekehrt,
dann ließe ihm der Engelbert
seinen Körper unversehrt.

Doch da kein Mensch am Pol verkehrt,
ist keiner da, der Kunibert –
wieder aufbaun werd …

Drum lernts vom Schneemann Kunibert:
Wenn man sich noch so oft beschwert,
glaubts net, dass' nachher besser werd!

Probleme zu Weihnachten

Das Strohsternproblem

Der Funken der Weihnacht
wurd' bei uns entfacht,
als mein Papa die Kerzen
am Christbaum anmacht.
Ein Strohstern fing Feuer
in der Heiligen Nacht,
fürn Vater wurd's teuer,
die Nachbarn habn glacht.

Das Bratenproblem

Der Muatter is zur Weihnacht
der Braten verbrennt.
Vor lauter Glühwein
hat s' 's Ausschaltn verpennt.
Doch g'essen hamma'n trotzdem,
er war gar net schlecht,
auch wir hatten Glühwein,
da schmeckt alles recht.

Das Schaufenster

Leise ertönte aus den Außenlautsprechern »Fröhliche Weihnacht überall«. Das große Kaufhaus am Münchner Marienplatz erstrahlte hell im Glanz der weihnachtlichen Lichter. Ein Junge starrte sehnsüchtig durch das Schaufenster, das wie jedes Jahr mit unzähligen Stofftieren liebevoll dekoriert war. Jedes Tier schien eine andere, eigene Geschichte zu erzählen und zu erleben.

»Hallo, Bastian!«

Der Junge blickte verwirrt umher. Wer hatte ihn da angesprochen? Woher kam die Stimme?

»Hey, Bastian, hier unten sind wir.« Wo unten? Und wer war ›wir‹? Bastian schaute verwirrt umher. Plötzlich bemerkte er, dass ihn die beiden Bären, die gerade über einer leicht glimmenden elektrischen Feuerstelle ihr Essen zubereiteten, erwartungsvoll anstarrten.

»Habt ihr mit mir gesprochen?«, fragte Bastian ganz leise die beiden Bären, sodass es keiner außer ihnen drei hören konnte.

»Na logisch. Oder siehst du hier noch jemand anderen, der Bastian heißt?«

Der Junge drückte sein Gesicht fester gegen die Glasscheibe. »Wer seid ihr denn?«

»Ich bin Claudia Bär, und das ist mein Mann, der Johannes. Willst du mit uns essen? Wir haben Honigeintopf mit frischen Pilzen gekocht.«

»Sehr gerne«, antwortete Bastian, »aber leider seid ihr ja hinter der Glasscheibe, und da kann ich nicht …« Er hatte seinen Satz noch nicht zu Ende gebracht, da saß er schon an der Feuerstelle der beiden Bären und schaute sich verschreckt um.

»Keine Sorge, Bastian«, beruhigte der alte Bär den Jungen, »nach dem Essen bringen wir dich wieder zurück.« Der Junge wollte gerade fragen, wie er durch die Glasscheibe gekommen sei, als ihn die Ankunft eines seltsamen Tieres alles andere vergessen ließ.

»Isch bin der gestiefölte Katör«, schrie ihm eine rauchige Stimme mit französischem Akzent zu, »isch bin der Rettör der Ünterdrückten und der Helför für die Armen.«

Dazu fuchtelte der Kater mit seinem scharfen Degen vor Bastians Gesicht herum, um ihm schließlich die Spitze auf die Brust zu setzen und zu fragen: »Und wör bist du?«

»I, i…, ich bin Bastian Schmidtner«, brachte der arme Junge ängstlich hervor.

»Nimm deinen Degen weg, Stiefel, sonst kriegst du kein Essen!«, befahl Johannes Bär und kam dem Jungen zu Hilfe. Lächelnd fügte er in die Richtung Bastians hinzu: »Immer das Gleiche mit diesen Katzen, kaum haben sie etwas Spitzes in der Hand, fühlen sie sich, als wären sie die Größten.«

»Isch bin keinö Katzö, isch bin ein Katör«, wollte der gestiefelte Kater Johannes berichtigen. Doch da erhob sich der Bär zu voller Größe und blickte ihn streng und grimmig an, sodass der Kater ein bisschen Angst bekam.

»Gut, isch bin eine Katzö«, flüsterte der gestiefelte Kater unterwürfig winselnd, »du hast wie immer recht, Johannes.«

»Dann ist ja alles gut«, mischte sich Claudia ein. »Jetzt setzen wir uns und essen den leckeren Honigeintopf!«

Die Bärendame schöpfte jedem eine große Kelle voll in ein kleines blaues Tellerchen und reichte es ihnen.

Als Letztes gab sie Johannes den Teller und streichelte ihm dabei zärtlich über sein Fell. Bastian, der hungrig schon zwei Löffel Honigeintopf verdrückt hatte, bemerkte, wie liebevoll sich die beiden Bären dabei ansahen.

»Ihr habt euch ganz schön gern, oder?«, fragte Bastian und bekam, während er sprach, wässrige Augen.

»Oh ja, wir lieben uns sogar! Deswegen sind wir verheiratet«, antwortete Johannes, der die Tränen auf Bastians Wangen nicht wahrnahm. »Ich möchte mein ganzes Bärenleben mit meiner Claudia verbringen.«

Da bemerkte die Bärendame, wie traurig Bastian wegen der Worte des Bären geworden war, und fragte: »Weinst du, Bastian?«

»So schlecht schmöckt der Eintopf nischt, dass man darüber weinen müss, finde isch«, warf der gestiefelte Kater ein, ohne sich über die Tränen Bastians große Gedanken zu machen, und fügte an: »Wenn du ihn nischt willst, dann ess isch ihn.«

Sofort erreichte ihn ein entsetzter und strenger Blick Claudias, der ihm deutlich machte, dass er lieber die Klappe halten sollte. Die Bärendame stand auf, ging um das Feuer herum und legte liebevoll ihren Arm auf Bastians Schulter.

»Willst du mir nicht sagen, was los ist, mein Junge?«, forschte sie nach.

»Nichts, gar nichts! Mir ist nur Rauch vom Feuer in die Augen gestiegen.«

»Dör Jünge ist güt, ein Schlitzöhr«, mischte sich wiederum der Kater ein und begann zu lachen. »Rauch aus dem Feuör in die Augen?!? Das ist ein bisschen schwierig bei Elektrobirnön. Aus dir wird einmal ein großer Mann, mein Junge. Wie isch in deinöm Alter war, hatte isch es genauso faustdick hinter den Ohren. Ünd nün bin isch…«

»Stiefel!«, unterbrach ihn Johannes, der mittlerweile Bastians Traurigkeit auch bemerkt hatte. »Du bist der mit Abstand dümmste Kater, der jemals für Unsere Majestät Dienst getan hat.«

»Du hast misch Katör genannt, endlisch hast dü misch Katör genannt, Johannes«, jubelte der gestiefelte Kater voller Freude und Stolz. »Dümm bin isch vielleischte, aber dafür bin isch der Stärkste ünter allen Katörn der Welt.«

Johannes wollte gerade darauf antworten, als ein lautes Hüsteln Claudias den beiden Männern deutlich machte, dass es jetzt nicht um sie, sondern um Bastian gehe.

»Du kannst uns alles sagen, Bastian«, sprach sie und streichelte dem Jungen liebevoll durch sein blondes Haar. »Irgendetwas bedrückt dich, nicht wahr?«

»Es ist nur so schön zu sehen, wie ihr zwei Bären euch lieb habt. Meine Eltern hatten sich auch mal so lieb. Und jetzt sagt Mama, Papa und sie haben sich einfach nicht mehr genug lieb. Papa ist weg. Ich glaube, er hat nicht nur Mama nicht mehr lieb, sondern auch mich nicht mehr. Wahrscheinlich mag Mama mich auch nicht mehr.«

»Ach, mein armer Junge!«, flüsterte die Bärendame Bastian zu, nahm ihn in den Arm und drückte ihn ganz fest an sich. Johannes und Stiefel hatten den Worten Bastians gelauscht, lehnten sich aneinander und kämpften nun selbst mit den Tränen.

»Isch bin mir sischer, dass dich dein Papa ünd deine Mama immer noch mehr als alles andere lieb habön«, sagte der Kater, und die beiden Bären stimmten ihm nickend zu.

»Weißt du«, fügte Johannes an, »Menschen sind halt manchmal sehr komisch, Bastian. Du musst dir einfach ganz fest vornehmen, dass du einmal anders wirst, wenn du groß bist.«

»Ich möchte nie, nie, nie so komisch werden«, versprach der blonde Junge. »Denkt ihr denn wirklich, dass Mama und Papa mich noch lieb haben?«

»Ganz sicher!«, antwortete Claudia und drückte ihn wieder fest an ihr Herz. Plötzlich zog jemand grob von hinten an Bastian.

»Zu wem gehört dieser Junge?!?« Eine spitze Frauenstimme schrie durch die Menge.

Bastian wurde unsanft am Kragen gepackt und aus seinen Träumen gerissen. Schnell wischte er sich, so gut es ging, die Tränen aus den Augen.

»Bastian, da bist du ja. Dich darf man wirklich nicht eine Sekunde aus den Augen lassen!«, rief Veronika Schmidtner, um dann leise in Richtung der spitzen Frauenstimme hinzuzufügen: »Es tut mir wirklich leid. Ich weiß auch nicht, was mit ihm los ist. Seit mein Exmann ausgezogen ist, scheint Bastian immer öfter mit seinen Gedanken woanders zu sein. Er ist seitdem sehr komisch …«

Mingana Christkindltram

In Minga gibt's a Straßenbahn,
die nennt sich dort »Christkindltram«.
Echt urig bayrisch geht's da zua
bei jeder Münchner Weihnachtsfuhr.

Da quetschst dich 'nei zwischen die Sitze,
d' Kinder packt ma in die Ritze,
vor lauter Leut sind d' Scheibn anglaufen,
doch des stört net beim Glühweinsaufen.
Die Musi kommt zwar nur vom Band,
doch ist sie allen guat bekannt:
Die bayrischsten Liader packt ma aus,
da hörst »Last Christmas« und »Santa Claus«.
Girlanden hängen obn und unten,
zwar net die scheena, aber d' bunten,
Strohstern' und Engerl bleibn dahoam,
weil s' net von dene Amis woarn.
Statt Christkinderl und Nikolaus'
ziehn s' d' rote Zipfelkappn raus,
denn der guate Weihnachtsmann
kommt bei Touristen besser an.

Schee langsam rollt die Tram dann los.
Die Aufregung wird spürbar groß.
Begrüßt wird ma vom Münchner Knaben,
den hört ma gleich tiefstbairisch sagen:
»Sehr geehrte Damen und Herren,
wir bitten Sie, nichts zu versperren,
dreißig Minuten wird man fahren,
tun Sie bitte nicht am Trinken sparen,

weil so nur wird es richtig urig.
Danke, Ihr Marcel Leon von Stuhrig.«

»Christkindltram« wird des zwar gnannt,
doch is da koam 's Christkind bekannt.
Mit »Bayrisch« hat's nix mehr am Huat –
doch Hauptsach is: Der Punsch is guat.

Der vierte König

Ein jeder kennt die heilige Geschichte
von Kaspar, Melchior und Balthasar,
die einst suchten Gottes Lichte
und brachten ihm die Gaben dar.

Doch vergisst man dabei einen:
den vierten Sternendeuter Ephraim;
der verließ nämlich die Seinen,
weil er in d' andre Richtung ging.

Er war der Schlauste, wie er dachte,
und wollte nicht dem Stern nachjagen.
Weil's dann zwischen ihnen krachte,
musst' er die Gschicht allein ertragen:

So berechnete der Weise
durch Physik und Knochenwürfe,
dass die Richtung für die Reise
nicht zum Stern hingehen dürfe.

So brach er nun nach Norden auf
mit seiner Gabe im Gepäck;
quält' sich so manchen Berg hinauf
und sah gar manchen düstern Fleck.

Nach zwei Jahrn kam er nach Rom,
sein Ziel hatt' er damit erreicht.
Er suchte nun den Gottessohn –
doch das war nicht gerade leicht.

Augustus lebte dort im Trubel.
Die Senatoren liebten ’s Dösen.
Aus’m Circus hört’ man Jubel:
Drum wollt’ er dort ein Ticket lösen.

Er meinte: ›Dort, dort muss er sein.
Für ihn, da jubeln wohl die Leut.‹
Spazierte in d’ Arena rein.
Er dacht’, es sei sein Glückstag heut.

Das Schicksal spielt’ ihm bös ’nen Streich:
Er hat den falschen Eingang gnommen.
Stand nun im Sand, ganz heiß und weich,
und ist dann unters Rad gekommen.

Drum wartet nun der Gottessohn
sehnsüchtig auf die vierte Gabe.
Maria jammert jahr’lang schon,
dass sie zu wenig Windeln habe.

Hamsterkäufe

Sie glauben's ja net, wie's heut zu'gangen ist in der Stadt. So viel Leut, als ob's nach Weihnachten nix mehr gebn tät. Da meinst ja gleich, die Leut hättn vorm Heilign Abnd kei' Zeit zum Einkaufn ghabt, glaubst as. I, i hab ja nur noch a paar Kleinigkeiten braucht, aber die anderen habn tütenweise ihr Zeug zum Auto gschleppt.

Da war i grad beim Aldi, kommt doch glatt die Dischlere zu mir her und sogt: »Ja, die Mayer-Anna muaß auch alles am letztn Tag kaufn, ha?!?«

Also, des is ja wohl eine Unverschämtheit von der Kaffeetratschn, von der ungehobelten. Als ob i so viel einkaufn tät. Die soll z'erst amal in ihrn eignen Wagn schaun. I hab s' dann nur recht freundlich an'grinst und gsagt: »Ja mei, Dischlere, mir zwei sind halt noch nie die Schnellsten gwesen, gell.«

Da hat s' ganz schön blöd gschaut. I hab dann aber gleich freundlich »Pfia Good und frohe Weihnachten« gsagt, hab mich um'dreht und bin gangen.

Kurz drauf steh i beim Müller-Metzger in der Schlang. Also, so a Schlang hab i ja bei dem selten derlebt. Nix, aber schon gleich gar nix, is da vorwärts'gangen. Versteh ich auch net, warum ma an dem Tag net einfach a paar Verkäuferinnen mehr hinstellt. Na ja …

Da steht doch dann wirklich so a unverschämte Person beim Zahlen vorne und fangt an mit der jungen Kassiererin zum ratschn. Als ob i nix anders zum tun hätt, als dene zwei Trutschaln beim Ratschn zuzuschaun.

»Gehts weiter«, hab i vorgschrien, »ratschen könnts nach Weihnachten auch wieder!«

Dann schaut mich die Kassiererin an wie a Schwaiberl, wenn's blitzt, als ob i an Fehler gmacht hätt. I glaub's ja gleich: mich vorwurfsvoll anschaun, so weit kommt's noch. Schließlich bin ich da der Kunde und i zahl der ihr Gehalt durch mei' Wurst. Des muaß dem jungen Madl schon amal klargmacht werdn.

Dann bin i doch noch zum Zahln kommen, aber glaubn S' fei' net, ich hätt die Verkäuferin auch nur eines Blicks gewürdigt. Die soll ruhig merken, dass ma so net mit Kunden umgehn kann.

Aber des Schlimmste kommt ja noch. I wollt für uns daheim zu die Platzerl dazu noch an Christstolln kaufn. Ja glauben Sie, i hätt noch irgendwo einen auf'triebn. Bei jedem Bäcker hab i nachgfragt, dann bin i schließlich wieder zum Aldi z'rück, weil i da vorher net gschaut ghabt hab, und dann auch noch zu die andern Supermärkte – nirgends hat's mehr einen gebn.

Als Letztes war i dann im Edeka. Davor war i zwar a bissl gestresst, des geb i zu, aber i war noch net grantig. Aber des hat sich schlagartig geändert da drin.

»Entschuldigen S', habn Sie noch an Christstolln?«, hab i dort a Verkäuferin gfragt.

»Tut mir leid, da hätten Sie vor einer Woche kommen müssen«, krieg i zur Antwort.

Aber dann ist mir schon der Kragen platzt: »Vor einer Woch?!? Ja genau, vor einer Woch, vor einer Woch, da war ja schließlich Weihnachten, gell?!?«

»Sie müssen schon verstehen, dass wir nicht bis zum letzten Tag die Regale voll haben können.«

»Was heißt da voll haben«, hab i die Frau angschrien, »des is doch wohl net zu viel verlangt, wenn ich am Heiligen Abend an Christstolln kaufn will, oder?!? Des kommt davon, dass Sie schon im September des Weihnachtszeug ins Regal legn.«

»Jetzt bleiben Sie doch ruhig!«, hat da die Verkäuferin mit schnippischem Unterton gsagt. »Wir müssen halt mit einem gewissen Kontingent planen, und wenn das weg ist, ist's weg.«

»I pfeif auf ihr Kontingent!«, hab i sie angfaucht und dann ganz ruhig noch dazugsagt: »Am Heilign Abend kauf i bei Ihnen nie wieder ein. Und bei die andern Gschäfte in dera Stadt auch net. Pfia Good.«

Weihnachtsmarktsaison

Ende November geht es los,
d' Weihnachtsmarktsaison beginnt.
Und die Freude, die ist groß
bei Mann und Frau und Kind.

Ich stürz mich ins geschäft'ge Treiben,
quetsch mich durch die Gänge.
Würd ich dabei an Platzangst leiden,
wär's gefährlich bei der Enge.

So gleite ich im Strom der Massen,
seh mancherlei Holzstände,
wär froh, wenn ich in diesen Gassen
Weihnachtsruhe fände.

Durch eine Gasse durchgedrückt,
komm am Ende ich zum Stehen.
Hier finde ich ein großes Glück,
seh Glühweinfahnen wehen.

In die Nase steigt der Duft,
erfüllt die kühle Winterluft,
Zimt und Weihrauch riecht man auch,
neben Currywurst und Schweinebauch.

Nach Wartezeit von einer Stunde
war ich der nächste Glühweinkunde:
»So, mein Herr, was darf es sein?«
»Schenken S' mir 'nen Glühwein ein.«

Drei Schluck Glühwein, bitte sehr,
4 Euro 20, ist doch fair,
gerne zahlt man schließlich mehr
für dieses schöne Weihnachtsflair.

Nun geh ich in den nächsten Gang,
lass mich von der Menge schieben,
überleg schon ziemlich lang,
was Leut an diesem Stress nur lieben.

Der Weihnachtskaugummi

Besonders reich waren sie nicht, die Hintermeiers. Oder besser gesagt: Sie waren arm im finanziellen Bereich. Denn reich waren sie in gewisser Weise doch, zumindest hörten das die Hintermeier-Kinder immer von ihrem Vater: reich an guter Laune und an dem Willen, das Beste aus ihrer Situation zu machen.

So oder so ähnlich hatte es auch Florian in der Schule erzählt, als sie die Berufe ihrer Eltern vorstellen mussten.

Das war dem Jungen ziemlich unangenehm gewesen, denn schließlich mussten sein arbeitsloser Vater und seine Mutter, die als Putzfrau im Altersheim arbeitete, mit Managern, Ärzten und sogar einem Oberbürgermeister konkurrieren. Während er redete, rief er sich immer wieder die Worte seines Vaters ins Gedächtnis: »Florian, wir können nichts für unsere Situation und unsere Armut. Aber solange wir ehrliche und gute Leute bleiben, können wir mit erhobenem Kopf durch die Welt gehen.«

Na ja, das half nicht wirklich, den Schmerz über die Reaktion der Klassenkameraden zu lindern, die entweder mitleidig und verständnisvoll lächelten oder hämisch und überheblich grinsten. Florian wusste nicht, welche der beiden Reaktionen ihn härter traf.

Dann kam der Moment, als sich Florian nach besagtem Auftritt und genau sechs Tage vor Heiligabend von der Schule aus auf den Heimweg machte. Seine Gedanken waren noch im Klassenzimmer, wo er kurz zuvor die oben beschriebenen Reaktionen erleben hatte müssen.

Wie immer kam er auf seinem Nachhauseweg an dem Drogeriemarkt vorbei. Die Schaufenster waren weihnachtlich dekoriert, überall glitzerten adventliche Girlanden, und die Lichterketten strahlten hell. Wie ein Magnet zog dieses funkelnde Haus den kleinen Jungen an. Er konnte nicht anders und ging hinein. Wie alles duftete! Er liebte diese Weihnachtsduftmischung mehr als jeden anderen Geruch auf der Welt.

Als ginge er durch den wundervollsten und zerbrechlichsten Raum der Welt, tastete sich Florian vorsichtig von Regal zu Regal. Seinen Mund konnte er vor Staunen nicht mehr schließen. Was es doch alles für unbeschreiblich schöne Sachen zur Weihnachtszeit gab!

Plötzlich begann eine Träne leise über Florians blasse Backe zu laufen. Dieser folgten immer mehr, bis der Junge schließlich richtig zu weinen begann. Er blieb beschämt in einer Ecke zwischen zwei Regalen stehen und drehte sich weg, damit die anderen Menschen, die hier einkauften, seine roten Augen nicht erkennen konnten. Er wollte doch so lange seinem Vater schon ein richtig tolles Weihnachtsgeschenk machen! Etwas, was er nicht selbst gebastelt hatte. Er wollte seinem Vater etwas schenken, was auch reichere Kinder ihren Eltern schenken konnten.

Er wischte sich traurig seine Augen aus, schniefte einige Male kräftig und ging danach wieder durch die Regalreihen, bemüht, dabei möglichst unauffällig zu wirken. Am Süßigkeitenfach blieb er ruckartig stehen. Er blickte zu den Kaugummis. Hier lag eine Viererpackung der Marke »Little Blue«. Niemandem, aber auch wirklich niemandem, den Florian kannte, schmeckte dieser scharfe Kaugummi mit Zimtgeschmack. Niemandem – außer seinem Vater. Er konnte sich noch an seine Kindergartenzeit erinnern, als sein Vater niemals ohne diese blaue Packung aus dem Haus gegangen war. Zu teuer sei diese allerdings heutzutage, hatten seine Eltern Florian gesagt. Wenn man kaum Geld hat, muss man auch bei den kleinen Luxusgütern anfangen und die nicht so gut schmeckenden Billigversionen von den Discountern kaufen.

Florian war sich sofort sicher: Das war das ideale Weihnachtsgeschenk für seinen Vater! Nur eine Kleinigkeit – aber er wusste, dass diese Papa eine unglaubliche Freude machen würde. Der Junge griff zu der Vierpackung und betrachtete sie. Oh nein! Zwei Euro und 65 Cent! Eine Menge Geld, zumindest für Florian, der seit der Arbeitslosigkeit des Vaters kein eigenes Taschengeld mehr bekommen konnte. Was sollte er nur tun? Das Geschenk war schlichtweg ideal!

Ihm schoss ein Gedanke in den Kopf, der sich dort immer weiter und weiter ausdehnte, bis er schließlich nicht mehr übergangen werden konnte …

Etwa eine Stunde später stand Florians Vater vor dem Drogeriemarkt. Er wirkte traurig, oder besser: enttäuscht. Wenn er sich ehrlich war, konnte er es nicht glauben, dass der Anrufer die Wahrheit gesprochen hatte. Langsam, ja fast schon schleichend betrat er das Geschäft durch die elektronische Schiebetür. Dort sah er alles voller adventlicher Dekoration und hörte die weihnachtliche Musik. Weihnachten – das war für ihn im Moment so weit entfernt wie die Sonne vom Mond.

»Ahh, Sie müssen Herr Hintermeier sein!«, begrüßte ihn ein ernst dreinblickender Mann mit einem festen Handschlag. »Kommissar Schwenke mein Name.«

»Was ist denn nun genau passiert?«, wollte die traurige Stimme des Herrn Hintermeier wissen.

»Also, die Kurzversion«, antwortete der Polizist. »Ihr Sohn wollte Süßigkeiten stehlen, wurde durch die Überwachungskamera überführt und sofort durch den Ladendetektiv festgenommen. Dieser hat gleich die Polizei verständigt, und nun sind wir hier.«

»Mein Sohn stiehlt doch nicht! Er ist ein guter Junge!«

»Phhh, was glauben Sie, wie oft wir solche Sprüche von Eltern hören!«, blaffte der Polizist unverschämt zurück. »Wir haben alles auf Video. Lügen Sie sich nichts vor, Ihr Sohn ist ein jugendlicher Krimineller. Allerdings noch nicht straffähig. 13 ist er, hat er zumindest gesagt. Ich hoffe mal, hierbei hat er nicht gelogen.«

Hintermeier senkte den Blick. Am liebsten hätte er einfach geweint. Wie viel Unglück mussten sie denn noch erleiden? Seit Jahren konnten sie sich neben der hohen Miete nur das Lebensnotwendigste leisten, seit er als Buchdruckmeister entlassen wurde. Der Druckereimarkt sei wie leergefegt, hatten die genervten Frauen in der Arbeitsagentur ihm immer und immer wieder gesagt. Digitale Druckereien seien die Zukunft, Platz für überqualifizierte und damit zu teure Arbeiter gebe es nicht.

Und jetzt kannte er seinen eigenen Sohn nicht mehr. Er hatte doch immer versucht, Florian zu Ehrlichkeit und Freundlichkeit zu erziehen, egal in welcher Situation man selbst steckte. Er konnte es nicht glauben, dass der Junge ein Dieb war. Nein, das konnte nicht sein! Langsam erhob er seinen Blick vom Boden und sah dem Kommissar fest in die Augen: »Wo ist Florian?«

Der Polizist führte ihn in einen kleinen Personalraum abseits des eigentlichen Ladens. Dort saß Florian zusammen mit einem etwa vierzigjährigen, glatzköpfigen Mann im schwarzen Anzug, der wohl der Ladendetektiv war.

»Papa!!!«, schrie Florian, als er seinen Vater kommen sah. Sofort sprang er auf und warf sich in die väterlichen Arme. Seine Augen waren vollkommen verweint, seine Stimme klang verzweifelt und verstört. Hintermeier drückte das armselige Bündel Elend ganz fest an sich und musste auch selbst mit den Tränen kämpfen. Nach etlichen Augenblicken schob er seinen Sohn etwas von sich weg, ging in die Hocke und blickte ihm in die rot geweinten Augen.

»Stimmt das, Florian?«, fragte er ruhig. Er hoffte so sehr, dass die Antwort nicht kommen würde, die er doch bereits wusste; dass alles nur ein böser Traum war, aus dem er gleich wieder aufwachen könnte.

»Ja!« Florian weinte heftiger als zuvor.

»Warum?«

»I…, i…, ich…« Das Weinen verhinderte, dass der Junge einen klaren Satz sprechen konnte.

»Ich habe dich immer um Ehrlichkeit gebeten«, sagte der Vater in ruhigem und enttäuschtem

Tonfall. »Natürlich haben wir nicht viel Geld, aber so schlimm, dass du stehlen musst, steht es um uns auch nicht.«

Der Kommissar und der Detektiv nickten zustimmend. Hintermeier wendete sich zu den beiden und fragte: »Wie geht es nun weiter?«

»Da Ihr Sohn noch nicht strafmündig und dazu noch Ersttäter ist oder zumindest bisher noch nie erwischt wurde, wird sich die Polizei mit einer mündlichen Verwarnung und einer Aktennotiz begnügen«, antwortete der Polizist. »Aber ich fordere Sie dringend auf, besser auf Ihren Sohn zu achten. Sonst muss das Jugendamt eingeschaltet werden.« Dann wandte er sich zu Florian: »Und du, mein Junge, merke dir, dass sich Verbrechen nicht lohnt! So wird aus dir nichts.«

»Und wir verlangen eine Diebstahlpauschale von 50 Euro und die Bezahlung des gestohlenen Artikels. Ihre Daten hat uns Florian vorher schon gesagt, Sie werden eine Rechnung bekommen«, ergänzte der Detektiv.

»Selbstverständlich. Ich werde alles begleichen, wofür mein Sohn verantwortlich ist«, sagte Hintermeier. »Können wir jetzt gehen?«

»Ja«, sagte der Polizist und zwang sich zu einem scheinbar freundlichen Lächeln, in dem aber ein eindeutiger stiller Vorwurf gegen den Vater und dessen offensichtlich falsche Erziehung mitschwang. »Auf Wiedersehen!«

»Wiedersehen«, entgegnete Hintermeier resigniert und nahm seinen Sohn an der Hand. Gerade als die beiden durch die Tür treten wollten, drehte sich der

Vater noch einmal zu den beiden Männern um und fragte: »Ach ja, was hat denn mein Sohn eigentlich gestohlen?«

»Eine Viererpackung Little-Blue-Kaugummi«, meinte der Detektiv. »Keine Ahnung, warum! Ich kenne kein Kind, das diesen Ekelkaugummi freiwillig essen würde.«

Wie ein Blitz trafen diese Worte den Vater mitten ins Herz. Er kannte auch kein Kind, er kannte nur einen einzigen Menschen, der diesen Kaugummi liebte. Und er wusste, dass sein Sohn ihm heuer unbedingt etwas Tolles zu Weihnachten hatte schenken wollen.

Still schaute er auf Florian, der seinen Blick tief zum Boden gesenkt hatte, und gab ihm weinend einen Kuss.

Der schönste Tag im Jahr fürs Kind

Die ganze Nacht kein Aug zugmacht,
hin und her dreht, viel z' viel dacht.
Um sechs Uhr Früh stand ich dann auf,
ging leis zu meinen Eltern 'nauf.
Bin 'neigschlupft unter d' warme Deck' –
heut schicken s' mich nicht wieder weg.
Warm und kuschlig lag ich da.
Mama, Papa, d' Stund ist nah!

Um achte kriech' ma aus'm Bett;
sofort wird nur vom Christkind gredt.
Wann kommt's? Wo fliegt's? Und darf ich's sehn?
Und was wird's untern Christbaum legn?
»Geduld, Geduld, mei' kloaner Mann«,
bestimmt mein Vater, lacht mich an,
»davor habn mir noch vui zum dua,
drum Ohren auf und Klappe zua!«

Beim Frühstück konnt ich nicht viel essen,
war nur nervös am Stuhl drobn gsessen.
Dann endlich stand mein Vater auf
und ging mit mir zum Speicher 'nauf.
Lametta, Kugeln, Engerl, Bänder,
Figuren, Kripp und Christbaumständer –
alls zogen wir da obn heraus,
denn wir brauchten's doch fürs Haus.

Um elfe stand der Christbaum stolz,
geschmückt mit Engerln, gschnitzt aus Holz.
Drunter habn wir d' Kripp aufgstellt,
mit kleine Lamperl alls erhellt.
Auf Moos, so weich wie Engelshaar,
stand und lag die Hirtenschar.
Dazu kam weihnachtlicher Klang
mit hellem, liabevollem Gsang.

Leider war's noch gar nicht spät,
am liebsten hätt ich d' Uhr vordreht.
Mittagessen, Kaffeetrinken,
dazwischen in ein Spiel versinken –
viel z' langsam ging s' heut rum, die Zeit;
der Abend schien noch viel zu weit.
Oh, könnten d' Stunden schneller ziehn
und 's Christkind heuer früher fliegn!

D' Kindermettn war um vier,
altbekannt ist die Manier.
Beim Krippenspiel macht' ich den Hirt,
mein Freund, der Franz, der war der Wirt,
d' Franzi ist d' Maria g'wesen,
der Max, der hat den Josef glesen.
Mei' ganze Klass hat gern mitgwirkt;
am End hat jeds a Gschenkerl kriagt.

Auf'm Heimweg war der Ort
verwandelt. Aller Lärm war fort.
A Ruh ist ein'kehrt in die Gassen.
Der Streit hat heut mein Dorf verlassen.
Die Leuchtstern' glänzten still und hell.
Ich muss heim, es kommt, machts schnell!
Mein Vater deut' nur ruhig zum Schnee:
»Schau, wia's glänzt. Is des net schee?«

Ja! Verzaubert ist heut d' Welt.
Das Christkind hat uns Fried bestellt.
Der Schnee knirscht sanft, zart weht der Wind,
nach Haus, da kommt heut jedes Kind.
Der einzig Tag im ganzen Jahr,
an dem nur Ruh und Frieden war.
Mein Vater schließt mich in die Arm' –
ich schnauf ganz leis, mein Herz wird warm.

Daheim hat d' Mutter auf uns gwart',
doch ich hab nur auf d' Stubntür gstarrt.
Die war leider schon versperrt –
und wieder hab ich's heut nicht ghört,
wie 's Christkinderl bei uns da war.
Na ja, dann seh ich's nächstes Jahr.
Durchs Schlüsselloch lug ich kurz 'nei –
doch seh am Schlüssel nicht vorbei.

»Z'erst werd g'essen, dann werd glurt!«,
sagt mein Vater. Ich hab gspurt.
Schnell hab ich die Würst' verdruckt,
beim Limotrinken mich verschluckt.
Endlich war's dann auch so weit,
mein Vater schiebt sei' Speis zur Seit.
Mei' Mutter schließt die Stubntür auf –
mein Herz schlagt wie im Dauerlauf.

Die Stubn, sie glänzt im Kerzenschein,
schöner kann's grad nirgends sein.
Die Gschenkerl liegen unterm Baam,
ich steh davor, brav wia a Lamm.
»Jetzt hock ma uns z'erst bissl nieder
und singa d' alten Weihnachtslieder.
Dann sagst uns noch dei' schöns Gedicht.«
Liebevoll mei' Mutter spricht.

Als Letztes sing ma ›Stille Nacht‹.
I spür dabei die stille Macht,
die von diesem Tag ausgeht,
wie wenn a Hauch von Liebe weht.
Dann packl ich die Gschenke aus,
da kommt gar mancher Wunsch heraus.
Ich gfreu mich über alle Sachen
und kann vergnügt und glücklich lachen.

Hundsmüd fall ich danach ins Bett.
Ach, wie war's heut lieb und nett.
Mei, alls schien doch noch so weit!
Mei, wie hab ich mich drauf gfreut!
Viel zu schnell is alls vergangen –
könnt's net morgn von vorn anfangen?
Ich schlupf unter d' Deckn 'nei
und schlaf zufrieden lächelnd ei'.

Das »Krippenspiel«

Der kleine Bub lugt freudig drunter
untern bunten Weihnachtsbaum,
und er will dann, froh und munter,
die Figuren dort anschaun.

Da fliegt das Lego in die Ecke,
er will nicht mehr das Playmobil,
die Puppen bleibn unter der Decke –
da gibt es wirklich nur ein Spiel.

Listig blickt er sich dann um,
wo die Eltern grade sind.
Denn das wäre wirklich dumm,
wenn der Vater ihn jetzt findt.

Hirten, Schafe und auch Hunde,
Maria, Josef und das Kind –
alle sind zur Weihnachtsstunde
als Kinderspielerei bestimmt.

Schön geordnet waren alle,
streng vom Vater aufgestellt,
doch nun sitzen s' in der Falle
in ihrer heilen Krippenwelt.

Der Josef wird ein starker Cowboy,
zu Indianern werdn die Hirten,
und Maria, lieb und treu,
muss sie alle dann bewirten.

Den Schafen legt man Sättel drauf,
werden stolze Westernpferde,
und steigt der Indianer auf,
dann folgt nach ihm die ganze Herde.

Von dem Stall aus Stein und Holz
wird das »Gloria« abgehängt,
und der Bub hat voller Stolz
dafür »Saloon« dort hingehängt.

Federboas kriegn die Engel
aus Schnüren und aus Schaum,
und die kleinen Hirtenbengel
sind am Weihnachts-Marter-Baum.

Eine Westernwelt auf Moos
hat der Bub sich aufgebaut.
Jetzt geht's gleich zum Spielen los –
wie niedlich hat's da ausgeschaut.

Doch jetzt kommt der Vater rein
und sieht die Westernwelt,
springt in die Luft, beginnt zu schrein …
Ob's ihm wohl nicht gefällt?!?

Die angepasste Weihnacht

(Basierend auf der Brutus- und der Marc-Anton-Rede aus Shakespeares »Julius Caesar«)

Als die Nachricht die Runde machte, waren alle Bürger betroffen und sprachlos. Die Schnelligkeit, mit der sie es alle erfuhren, war selbst im Zeitalter von Internet und Mobiltelefon eine Sensation. Doch diese Nachricht war wirklich ungeheuerlich.

Anfang Juli jenes Jahres wurde in München eine Kommission gebildet, zusammengesetzt aus den besten Köpfen der Elite Deutschlands. Unter ihnen befanden sich viele Topmanager der großen Firmen, die Vorstandsvorsitzenden der 20 umsatzstärksten Aktiengesellschaften Deutschlands, natürlich die Ministerpräsidenten der einzelnen Bundesländer und schließlich der Bundeskanzler selbst mit seiner kompletten Regierung. Eine solche Frage durfte nur von fachkundigen und fähigen Personen behandelt werden. Zwei Wochen lang sollten Beratungen geführt und schließlich ein Beschluss gefasst werden, der die Zukunft der Bürger des fortschrittlichen, an die anderen zivilisierten Länder angepassten Deutschlands neu bestimmen würde. Am 3. Juli nahm also die ›Kommission zur Neuorganisation des Weihnachtsfestes und dessen Anpassung an die heutige, moderne Zeit‹ ihre Arbeit auf.

Dann kam der 17. Juli. Ein Sonntag. Alle in München lebenden Personen wurden aufgefordert, auf die Theresienwiese zu kommen und sich die Ergebnisse der ›Kommission zur Neuorganisation des Weihnachtsfestes und dessen Anpassung an die heutige, moderne Zeit‹ anzuhören. Um 20.00 Uhr westeuropäischer Zeit – also bester Fernsehübertragungszeit – waren schließlich Zehntausende Menschen auf der Theresienwiese versammelt und viele Millionen an den Fernsehgeräten zu Hause.

Brutus Geldmacher – grauer Anzug, schwarze Haare, etwa 40, schmächtig –, Leiter der ›Kommission zur Neuorganisation des Weihnachtsfestes und dessen Anpassung an die heutige, moderne Zeit‹ und englischer Vorstandschef der größten Aktiengesellschaft Deutschlands, betrat, pünktlich auf die Sekunde, die in der Mitte der Theresienwiese errichtete Bühne. »Ein kleiner Schritt für ihn, ein endlich zeitgemäßer Schritt für Deutschland!?«, hatte die auflagenstärkste Zeitung des Landes in ihrem Vorbericht getitelt.

Da unter den Menschen auf dem Platz schon einige aus Werbezwecken geschickt gestreute Gerüchte die Runde gemacht hatten – Sie wissen ja, Gerüchte wecken Interesse, Interesse bringt Zuhörer, Zuhörer bringen Geld – konnte man immer wieder laute Rufe aus der versammelten Menge hören.

»Rechenschaft, wir wollen Rechenschaft!«, brüllten die Leute.

Brutus ging ans Rednerpult, betrachtete die Menschenmasse. Unauffällig klopfte ihm ein Mann, wohl sein Assistent, auf die rechte Schulter. Das war das Zeichen, welches ihm mitteilen sollte, dass alle Sendeanstalten nun live zugeschaltet waren und dass er mit der Ansprache beginnen konnte.

»Freunde! Mitbürger! Moderne Deutsche! Rechenschaft wollt ihr? Die sollt ihr kriegen! Sogar mehr als das gebe ich euch. Ich gebe euch heute eine neue Ordnung, die ab sofort für unser neues, zeitgemäßes Deutschland Geltung haben wird. Hört mir zu und bewahrt Ruhe. Erweist mir und der ›Kommission zur Neuorganisation des Weihnachtsfestes und dessen Anpassung an die heutige, moderne Zeit‹ die uns gebührende Ehre. Richtet uns nach meiner Rede und weckt alle eure Sinne, damit ihr umso besser urteilen könnt. Ich möchte euch nun die Punkte vorlesen, die die ›Kommission zur Neuorganisation des Weihnachtsfestes und dessen Anpassung an die heutige, moderne Zeit‹ einstimmig – wie ich betonen möchte, einstimmig – heute Morgen beschlossen hat.

Punkt 1: Das Weihnachtsfest, so wie es uns aus der alten Tradition heraus überliefert ist, wird, beginnend mit der nächsten kommerziellen Weihnachtszeit, also ab Ende Oktober dieses Jahres, eine neue und erheblich modernere Gestalt bekommen.

Punkt 2: Die christliche Überlieferung, einschließlich insbesondere der Geburt Jesu am Heiligen Abend, wird als nicht mehr zeitgemäß erachtet und soll aus der künftigen Weihnachtszeit vollständig eliminiert werden.

Punkt 3: Christlich-abendländische Begriffe, wie Christbaum, Christkind, Christstollen, Christkindlmarkt, Christi Geburt und ähnliche, sind aus dem Sprachgebrauch des modernen Weihnachtsfestes völlig zu entfernen. Sie sollen endgültig ersetzt werden durch die heute schon weitverbreiteten Wörter Weihnachtsbaum, Weihnachtsmann, Weihnachtsstollen,

Weihnachtsmarkt und Freudenfest. Es versteht sich von selbst, dass in einer multikulturellen und multireligiösen Gesellschaft jedwede Verwendung des Begriffes ›Christus‹ nicht mehr zeitgemäß ist und er deshalb vermieden werden soll.

Punkt 4: Volkstümliche Weihnachtslieder, egal ob sie aus dem kirchlichen Bereich kommen oder aus dem gesellschaftlichen, entsprechen nicht mehr dem Bild einer modernen Nation. Alle Bürger werden dazu aufgefordert, die jedes Jahr neu erscheinenden Christmas Songs der aktuellen Interpreten zu kaufen und so ihre fortschrittliche und aufgeschlossene Lebensart zum Ausdruck zu bringen.

Punkt 5: Ladenöffnungszeiten werden für absurd erklärt und Einschränkungen des Verkaufsbetriebes gänzlich abgeschafft. Jedes Geschäft soll ab dem kommenden Weihnachtsfest so oft und so lang geöffnet haben, wie es will. Dies schließt natürlich auch eine Öffnung an den Weihnachtsfeiertagen mit ein.

Punkt 6: Das Weihnachten der modernen Zeit ist für uns bunt, schrill und innovativ. Die abgedroschenen und vollkommen veralteten Begriffe der Ruhe, Stille und Besinnung in der Weihnachtszeit sehen wir als völlig irrationale Überbleibsel einer längst vergangenen Epoche an.

Punkt 7: Die Weihnachtszeit wird vom 25. Oktober bis zum 13. Januar festgesetzt. Sollte dieser Zeitraum nicht ausreichen, behält sich die Kommission vor, in einem kleineren Ausschuss eine Verlängerung dieser Spanne zu beschließen.

Das sind nun die Beschlüsse, die unsere Kommission heute Morgen gefasst hat. Ich möchte euch nun meine eigene Meinung zu diesem Ergebnis unserer innovativen Beratungen mitteilen.«

Hier wurde Brutus von einzelnen Zwischenrufern unterbrochen:

»Warum? Was ist mit dem normalen Weihnachten? Was macht ihr mit uns?«, schrien sie. Doch sie verstummen schnell wieder, da Brutus nun gewaltig die Stimme erhob.

»Freunde! Mitbürger! Moderne Deutsche! Viele Fakten habe ich euch an den Kopf geworfen. Gebt mir ein paar Minuten der Stille, um sie zu kommentieren. Ich wiederhole noch einmal: Richtet uns erst nach meiner ganzen Rede und weckt euern Verstand, damit ihr danach umso besser urteilen könnt. Ist jemand in dieser versammelten Menge ein Anhänger des ursprünglichen, konservativen Weihnachtsfestes, der es so liebt, wie es war? Dem sage ich: Meine Liebe zur alten, traditionellen Weihnacht ist mit Sicherheit nicht geringer als die seine. Wenn dieser Freund mich dann fragt, warum ich es in seinen tiefsten Ursprüngen ändern wolle, dann antworte ich ihm: Ja, ich liebte das ursprüngliche Weihnachtsfest, aber viel mehr liebe ich alle Menschen und möchte deren Heil und Wohlergehen! Wollt ihr denn lieber, ihr feiert alle ein Weihnachtsfest in Armut, als dass ihr hinausgeht unter viele Menschen in eine bunte Glitzerwelt und euch dort Wohlstand verdient? Weil mir die ursprüngliche Weihnacht gefiel, bin ich traurig; weil sie mir Ruhe gab, freute ich mich darüber; aber weil es uns davon abhielt, Geld zu verdienen und Reichtum zu erlangen, modernisierten wir sie. Wer ist denn hier unter euch, der nicht gerne noch ein bisschen reicher wäre? Ist hier ein solcher, der soll sofort reden, denn den habe ich beleidigt, und ich werde mich entschuldigen. Wer lebt denn gerne in herrlicher Ruhe, aber dafür in grenzenloser Armut? Ist hier ein solcher, der soll sofort reden, denn den habe ich beleidigt, und ich werde mich entschuldigen. Ist hier jemand, der mir dann noch die Vorteile der ursprünglichen Weihnacht sagen kann, wenn man dadurch zugrunde geht? Ist hier ein solcher, der soll sofort reden, denn den habe ich beleidigt, und ich werde mich entschuldigen. Ich halte kurz inne, damit ich die Antwort von euch hören kann.«

»Niemand, Brutus, niemand!« Verschiedene Bürger schrien laut aus der Masse heraus, immer mehr schlossen sich dem Ruf an, bis schließlich nahezu alle gemeinsam »Niemand!« brüllten.

Brutus begann erneut.

»Wenn hier niemand ist, dann habe ich auch keinen beleidigt. Ich habe alles für unser Deutschland getan! Ich habe alles für euch getan! Ihr werdet reich sein, und das Weihnachtsfest wird zeitgemäß sein! Endlich werdet ihr die moderne Vorstellung des Heils erlangen, und ihr werdet sogar selbst das Heil in Händen halten dürfen! Geld ist Heil!

Ich beschließe nun diese Versammlung, danke allen, die mit mir in der ›Kommission zur Neuorganisation des Weihnachtsfestes und dessen Anpassung an die heutige, moderne Zeit‹ eine moderne und angepasste Lösung gefunden haben, und wünsche euch allen jetzt schon ein sensationelles neues Weihnachtsfest! Endlich sind wir auf Augenhöhe mit den großen, zivilisierten Nationen im Westen. Denkt dran, in knapp drei Monaten beginnt ein neues Zeitalter! Das Zeitalter der angepassten Weihnacht!«

Die Zuhörer tobten, »Brutus, Brutus«-Sprechchöre erschollen auf dem ganzen Platz, alle klatschten, alle waren glücklich. Erst recht Brutus. Mit einem breiten, selbstgefälligen Lächeln verließ er die Bühne.

Unbemerkt von der frenetisch applaudierenden Menge drängelte sich nun ein Herr mittleren Alters nach vorn. Er war normal gekleidet, hatte eine ältere Jeans und ein T-Shirt mit einem bunten Baum darauf an. Seine schon etwas lichter gewordenen Haare waren kurz geschnitten und seine Brille so alt, dass man davon ausgehen konnte, ihre Form würde bald wieder modern werden.

Dieser Mann schlich sich auf die Bühne, und ehe man sich versah, stand er am Rednerpult. Dort wo noch vor wenigen Augenblicken ein gestylter, innovativer Manager gestanden hatte, befand sich nun ein Normalbürger, der nicht gerade durch seine Ausstrahlung beeindruckte. Langsam näherte er sich dem Mikrofon und begann unsicher zu sprechen:

»Äh, hallo … äh, ich, ich wollte eigentlich nur ein, äh, paar Worte zu dem Herrn, äh, Brutus Geldmacher und zu Weihnachten, äh, sagen.«

Jetzt erst bemerken die Leute, dass da oben jemand stand, der was sagen wollte. Gleichzeitig bemerken die Techniker, dass sie vergessen hatten, den ›Saft‹ von dem Mikro zu nehmen, und holten dies sofort nach. Der normale Mann auf der Bühne sprach vergeblich.

Doch plötzlich begann irgendjemand weit hinten in der Masse der Zuhörer »Mikro an, Mikro an« zu schreien, und sofort machten alle mit. Unter dem Druck der Menge blieb den Technikern nichts anderes übrig als nachzugeben. Das Mikro war wieder an, und von den lauten Rufen der Masse bestärkt, ergriff der Normalbürger erneut das Wort, diesmal jedoch schon bestimmter und sicherer als zuvor.

»Liebe Anwesende, keiner von Ihnen wird mich jetzt kennen, aber mein Name ist Markus Meier. Ich bin Elektriker, bin verheiratet, habe zwei Kinder und eine liebevolle Frau, die als Verkäuferin bei Kaufhof arbeitet. Ich habe mir mit Interesse die Rede des Herrn Brutus Geldmacher angehört, und ich muss sagen, dieser ehrenwerte Mann hat vollkommen recht. Das ursprüngliche Weihnachtsfest ist nicht mehr zeitgemäß.

Wie gern haben wir doch alle das Geld, unser Heil der Welt, und am liebsten würden wir darin baden. Auch ich würde das gerne tun, zusammen mit meiner Frau und meinen Kindern. Gerade deshalb muss ich sagen, der ehrenwerte Herr Brutus Geldmacher hat völlig recht, denn das ursprüngliche Weihnachtsfest ist nicht mehr zeitgemäß.

Endlich ist auch dieser völlig verstaubte Begriff ›Christus‹ aus unserem weihnachtlichen Wortschatz verschwunden. Endlich erinnert nichts mehr an ihn, den Sohn Gottes, der uns in der Heiligen Nacht sich selbst als Heil der Welt schenkte. Nein, halt, er ist nicht das Heil der Welt, das wäre ja Glaube, und Glaube ist, wie wir alle wissen, absolut nicht mehr zeitgemäß.

Wie war es doch früher trist, als wir im Kreis unserer Familie und Freunde in der Vorweihnachtszeit zusammensaßen und jedes Jahr gemeinsam immer dieselben alten Lieder sangen. Jeder konnte in etwa den Text, nur der alte Onkel Otto, über den lachten immer alle, weil er jedes Mal wieder ›Fröhliche Weihnacht‹ und ›Oh du fröhliche‹ durcheinanderbrachte. Nachher rückte man dann noch näher zusammen, hat Glühwein getrunken, Plätzchen gegessen und die Alltagssorgen hinter sich gelassen. Nein, nein, die Zeit, in der mein Onkel Otto noch lebte und wir noch gemeinsam lachen konnten, die ist nun wirklich nicht mehr zeitgemäß.

Wenn ich nun auch noch über die Feiertage voll durcharbeiten darf, was glaubt ihr, wie sich da meine Kinder freuen werden. Endlich kann ich jedem einen Computer und einen Fernseher kaufen, natürlich die teure Spielekonsole nicht zu vergessen. Ja, es bleibt wahrscheinlich sogar noch so viel übrig, dass ich ihnen jedes Jahr dazu vier brandaktuelle Spiele schenken könnte. Mit dem Geld, das meine Frau dann zusätzlich verdient, bestücken wir ein ganzes Kinderzimmer mit Spielzeug. Dort wären dann Barbiepuppen, Playmobilritter und Legohäuschen, aber natürlich auch Plastiksoldaten, Karatekämpfer, Kinderkassetten und das neueste, einem echten US-Army-Gewehr nachgebildete Super-Real-Spritzgewehr. Das wäre ein Leben! Meine Kinder erlangen endlich das Heil der Welt! Herr Brutus Geldmacher weiß schon, was gut für uns ist. Denn Herr Brutus Geldmacher ist ein ehrenwerter Mann, und eine ursprüngliche Weihnacht ist doch beim besten Willen nicht mehr zeitgemäß.«

Markus hörte für einen Moment auf zu sprechen und schaute hinunter auf das Volk. Die Menschenmenge rumorte. Sie fühlte sich hintergangen und an der Nase herumgeführt. Der eine Nachbar stupste den anderen an, alle redeten, diskutierten und begannen nachzudenken. In jedem wurde die Erinnerung an eine frühere, besinnliche Weihnacht wach. Hatte es den ärmeren Menschen damals nicht gefallen?

Markus erhob wieder die Stimme, und sofort kehrte eine ›ursprünglich weihnachtliche‹ Stille ein.

»Liebe Freunde! Mitbürger! Vernünftige Deutsche! Früher fand ich es schön, allein mit meiner Frau, nachdem wir unsere Kinder ins Bett gebracht hatten, im Wohnzimmer zu sitzen. Im Raum herrschte völlige Ruhe. Man hörte nur das Knistern im Kachelofen. Licht spendeten drei kleine Kerzen, die ein lächerlich düsteres Licht abgaben im Vergleich zu den bunten und schrillen Lichterketten der heutigen, modernen Zeit. Doch wenn sich meine Frau dann an mich schmiegte und ich sie in meine Arme schloss, dann empfand ich die drei Kerzen als den hellsten Schein der Welt. Nicht weil es tatsächlich so war, sondern nur weil das Licht bis tief in mein Herz schien. Ich genoss diese Zeit der Ruhe. Damals redete ich mir ein, dass das die Vorstellung vom Heil in der Welt sei.

Seit heute weiß ich, dass es nicht so ist. Herr Brutus Geldmacher sagt, wir alle wollen doch nur reich sein, und reich wird man nur durch Geld, und reich sein ist unser modernes Heil. Und was Herr Brutus Geldmacher sagt, das stimmt, denn Herr Brutus Geldmacher ist ein ehrenwerter Mann. Wie wir alle wissen, ist die ursprüngliche Weihnacht nicht mehr zeitgemäß. Wir müssen mit aller Macht nach dem neuen Heil streben, sagt der ehrenwerte Herr Brutus Geldmacher. Nur so passen wir uns an die andere zivilisierte Welt an. Ich bin nicht ehrenwert und ich besitze nicht viel vom neuen Heil, aber ich war bisher immer glücklich. Vielleicht wäre es zeitgemäßer, sich auf das ursprüngliche Heil und die ursprüngliche Bedeutung der Weihnacht zu besinnen. Aber leider sage das nur ich und kein ehrenwerter Mann. Deshalb macht es keiner!«

Nikolaus und Weihnachtsmann – die Aussprache

Oder: Wir Bayern sind ein stures Volk – zu Recht!

»He, Weihnachtsmann!«
»Ja, was liegt an?«
»Ich hab was z' reden mit dir:
Das hier ist mein Revier!«
»Entschuldigung, kenne ich Sie?
Ich glaube, wir trafen uns nie!«
»Der Nikolaus werd ich genannt,
und mir gehört das Bayernland.«
»Von Ihnen hab ich schon gehört.
Schade, dass Sie mein Dasein stört.«
»Stören ist noch untertrieben,
ich wünscht, du wärst in Übersee blieben!«
»Ho, ho, da komm ich ja nicht her,
ich komm aus dem Norden, bitte sehr.«
»Is schon recht! Jetzt lenk net ab!
Sonst spürst du meinen Bischofsstab.
Das Christkind und ich sind die einzigen beiden,
und Konkurrenz können wir zwei gar net leiden!«
»Mir scheint, Sie sind ein wenig steif!
Für Neues ist die Zeit nun reif!
Denn sei'n Sie ehrlich, Nikolaus,
mit Ihrem Bischofszeug lacht Sie doch jeder aus.
Ihre Zeit ist abgelaufen.
Jetzt heißt es gehen oder 'ne rote Mütze kaufen.«
»Rote Mütze?!? Das ich nicht lache!
Glaubst, dass ich mich hier zum Affen mache?!?«
»Ich verstehe Sie und alle Leute,

Christkind, Krampus, die ganze Meute.
Doch Weihnachten ist nun mein Feld,
mir gehört die Weihnachtswelt.«
»Die ganze Welt, des mag schon sein,
doch in Bayern lass' ma dich net rein.
Denn des weiß a jedes Kind,
dass Bayern stur und einmalig sind.
Was Bsonders hat's hier immer geben,
das sind wir Bayern, so ist es eben!«
»Ich hege durchaus Respekt für Sie,
aber aufhalten werden Sie mich nie.
Deshalb lassen Sie sich zu mir bekehren
und hören Sie auf, sich so zu wehren!«
»I respektier dich aa, du Cola-Mo,
doch miteinand werdn wir net froh.
I weiß, die Bayern halten z'samm,
die wissen schon, was' an uns ham.
Und des Christkind ist allemal
schöner als du, du rote Qual.
Im Bayernlande, da sind wir,
Christkind und Niklaus regieren hier!
Jetz pack dei' Zipfelmützn ei' –
Servus! Pfiat di! Und bye-bye!«

Der freche Bua am Nikolaustag

Lieber, guater Nikolaus,
kommst du aa zu mir ins Haus?!?
I war ganz brav des ganze Jahr,
klingt zwar komisch, aber wahr!
Bei mir gibt's gar nix zu bemängeln.
Geh lieber zu de frechen Bengeln!

I war immer staad beim Essen,
bin fleißig an de Aufgabn gsessen,
auf mei' Muatter hab i ghört,
eifrig hab i d' Straß z'samm'kehrt.
Mei'm Vater hab i d' Hausschuah' bracht
und hab gar koan bös ausgelacht.

Weil i so a Engel war,
lass mein Gschenk doch einfach da.
Stell's vor d' Tür und geh dann geschwind
zu an andern, schlimmern Kind.
Des schimpfst amal so richtig aus
und reißt mei' Seitn einfach raus.

Ein Nikolaus hat's schwer

»Bist du heuer schon wieder nicht fertig?«, schimpfte der Krampus mich an der Haustüre und ließ seine Ketten rasseln. Mit schmutzigem Gesicht, einem wüsten Bart und eingewickelt in eine dicke, dreckig braune, speckige Lederjacke stand er vor mir. Man konnte direkt Angst vor ihm bekommen.

»Bleib mal locker, Krampus!«, antwortete ich. »Es ist doch noch nicht so spät, oder?«

»Sei nicht so frech, sonst steck ich dich in meinen Sack«, warnte er und ließ seinen Worten ein hämisches Lachen folgen.

»Ich fange gleich an mich zu fürchten, Krampus«, sagte ich. »Aber ich denk, wenn du ein oder zwei Schnaps bekommen hast, lässt mich wieder laufen, oder?« Wir mussten beide lauthals lachen.

Es war endlich wieder so weit. Der 6. Dezember war gekommen, und mein bester Freund Elias und ich waren gleich wieder wie jedes Jahr als »der Nikolaus und sein treuer Knecht Ruprecht« in den Straßen unseres Heimatdorfes unterwegs.

Ich zog mir das lange weiße Untergewand und den rot-goldenen Mantel an, dann kamen der weiße Bart und die goldene Bischofsmütze, und zum Schluss schlüpfte ich in die hohen schwarzen Stiefel. Schnell noch das allwissende goldene Buch und den Bischofsstab zur Hand genommen, und schon konnte es losgehen.

Gerade wollte ich durch die Türe gehen, da fragte mich der Krampus schmunzelnd, ob ich nicht vielleicht eine Kleinigkeit vergessen hätte.

»Was hab ich denn vergessen?«, erwiderte ich, der sonst so allwissende Nikolaus.

»Wie war das mit dem Schnaps zum Aufwärmen?«, antwortete der Krampus. »Schließlich hat es draußen keine Badewettertemperaturen mehr.«

Natürlich wurde mein Fehler sofort korrigiert, und wir wärmten uns mit einigen Schlucken Hochprozentigem auf.

»Nun aber los, Krampus, mach die Kutsche startklar! Um halb sechs warten die ersten Kinder.«

Wir gingen aus dem Haus, und da stand unsere »Weihnachtskutsche«: ein roter Opel Kadett, der nur darauf wartete, dass wir die Zügel locker ließen. Statt Engelsgesang wurde eine gute, alte Weihnachtskassette der Regensburger Domspatzen eingelegt, und mit einem fröhlichen ›Süßer die Glocken nie klingen‹ gingen wir auf unsere Nikolausreise. Ach ja, genau in der Mitte des Kühlergrills hatte Elias eine dicke rote Nase aus weichem Schaumstoff angebracht, die etwa den Durchmesser zweier Tennisbälle hatte. »In Erinnerung an deine rot gezipfelte Ami-Kopie mit dem rotnasigen Rudolph, lieber Nikolaus!«, grinste Elias.

Die Zwillinge

Nach einigen Hundert Metern waren wir an unserer ersten Wirkungsstätte angelangt. Unsere Kutsche wurde in sicherer Entfernung zum Haus auf dem Seitenstreifen abgestellt, und die Regensburger Domspatzen mussten für kurze Zeit verstummen. Ich quälte mich aus der Beifahrertür, da ich wegen des ausladenden Mantels doch erhebliche

Bewegungsschwierigkeiten hatte. Schließlich standen wir beide neben unserem Gefährt und trafen die letzten Vorbereitungen: Der Krampus nahm in die rechte Hand den großen Sack und die Kette, in die linke Hand die Rute aus Haselnusszweigen. Seine Utensilien waren natürlich nur zur Zierde, und statt Kinder steckte er lieber Geschenke für dieselbigen in den Sack hinein.

Ich zupfte meinen Mantel zurecht, setzte die Mütze auf, setzte mir eine Lesebrille auf meine von Natur aus etwas breitere Nase und nahm Buch und Stab in die Hände. Unter lautem Kettengerassel und »Grüß Gott, alle miteinander«-Rufen gingen wir zum Haus der Familie Gibel. Die beiden fünfjährigen Zwillingsschwestern Lena und Franziska schauten erwartungsvoll aus dem Fenster. Als sie uns kommen sahen, zogen sie schnell ihre Köpfe zurück und schlossen den Vorhang. Vor der Haustür standen zwei Tüten voller Geschenke, die der Krampus schnell im Sack verstaute, ehe er kräftig mit der Faust gegen die Eingangstüre klopfte.

Frau Gibel öffnete grinsend die Türe. »Grüß Gott, Nikolaus, bist du schon da«, sagte sie mit lauter Stimme, damit es die Kinder hören konnten. Dann sprach sie flüsternd weiter: »Grüß euch, ihr zwei! Schön, dass ihr da seid. Meine kleinen frechen Mädels haben sich im Wohnzimmer versteckt, weil's ihnen dann doch ein bisschen mulmig geworden ist. Hier ist noch der Zettel über die beiden.«

Sie reichte mir einen kleinen karierten Zettel, den ich in das Buch schob, um dann hinter der Mutter in das Wohnzimmer einzutreten. Auf dem Sofa saß der

Vater mit einem breiten Grinsen. Unter seinen beiden Achselhöhlen hatte sich jeweils eine der sonst so aufgeweckten Töchter verkrochen und schaute mich mit großen, unsicheren Augen an.

»Guten Abend, liebe Mädchen«, sprach ich mit tiefer, bedächtiger Stimme. »Kommt doch mal heraus zu mir!«

Erst nach einigem Zureden mütter- und väterlicherseits entschlossen sich die Lena und Franziska, meiner Aufforderung nachzukommen. Verlegen von einem Bein auf das andere tretend, standen sie vor mir. Nun fragte ich sie, wie sie hießen, wie alt sie seien, ob sie wüssten, wer ich sei, und, natürlich ganz wichtig, ob sie meinen Stab halten wollten. Selbstverständlich wollten sie das.

Während sie sich an dem Stab festhielten, kam die Frage aller Fragen: »Schaut doch mal dieses große, goldene Buch an. In dieses Buch haben mir meine Englein das ganze Jahr über aufgeschrieben, was alle Kinder auf der ganzen weiten Welt Gutes und auch Schlechtes getan haben. Soll ich da mal nachschauen, ob über euch auch was drinsteht?«

Die beiden Zwillinge warfen sich gegenseitig einen Blick zu, der deutlich zeigte, dass sie angestrengt darüber nachdachten, wie sie am geschicktesten aus dieser Zwickmühle wieder herauskommen könnten.

Schließlich sagte Lena mit einer leisen, unsicheren Stimme: »Ich glaube, da steht von uns überhaupt nichts drin.« Die Eltern, der Krampus und ich mussten lachen.

»Bist du der gleichen Meinung, Franziska?«, fragte ich nun ihre Schwester.

»Ich weiß nicht so genau«, antwortete sie nachdenklich, »könnte sein, könnte aber auch nicht sein.«

»Na ja, da werde ich doch sicherheitshalber mal nachschauen«, sagte ich mit einem unter dem dicken weißen Bart versteckten Grinsen. Suchend blätterte ich im Buch, bis ich auf einen kleinen karierten Zettel stieß, den mir meine Englein zwischen die Seiten gelegt hatten.

»Aha, da hab ich euch doch glatt gefunden, Franziska und Lena. Da schauen wir doch gleich mal, was dieses Jahr alles gewesen ist.«

Nun erfuhren die Mädchen also, dass sie öfter das Zimmer aufräumen und Flöte spielen, freiwillig Zähne putzen und Hausaufgaben machen sollten; aber auch, dass sie immer fleißig ihren Eltern geholfen hatten und dass sie gut lernten und schön malen konnten …

»Wir haben für dich was gemalt, Herr Nikolaus«, unterbrach mich Lena, als ich diese Stelle vorlas.

Sogleich stürmte sie in die Küche, um kurz danach mit vier Blättern voller Figuren und Zeichnungen zurückzukommen. Drei waren für den Nikolaus und eines für den Krampus, der das Blatt aus gehörigem Sicherheitsabstand gereicht bekam.

»Ihr seid aber zwei liebe Mädchen«, bemerkte ich. »Also, wenn ihr so brav wart und immer noch seid, dann haben mir meine Englein bestimmt ein paar Geschenke für euch mitgegeben. Soll ich da mal in den Sack hineinschauen?«

»Ja«, riefen die beiden Mädchen wie aus einem Munde. Man merkte ihnen förmlich an: Sie spürten, dass nach der beschwerlichen Pflicht nun endlich die entspannende Kür folgen würde.

»Aber zuerst«, bat ich, »müsst ihr dem Krampus und mir noch ein Lied singen oder ein schönes Gedicht vorsagen.«

Sie schmetterten mit Freude das Lied »Lasst uns froh und munter sein«, wussten sie doch, dass gleich die Überraschungen aus dem Sack gelassen würden. Nachdem ich sie wegen des schönen Gesangs gelobt und geklatscht hatte, ergriff ich die beiden Geschenktüten und überreichte sie den strahlenden Zwillingen.

»Nun muss ich aber weiter, liebe Kinderlein. Ihr wisst ja, es gibt so viele Kinder auf der großen, weiten Welt, und die muss ich heute alle noch besuchen.«

»Alle!?«, fragte Franziska mit offenem Mund staunend nach.

»Ja, alle, du kleine Maus. Und jetzt lebt wohl.«

Krampus ließ noch einmal seine Kette rasseln, und dann machten wir beide uns wieder auf den Weg zu unserer Kutsche, mit der wir heute noch die ganze Welt bereisen würden. Mit großen, freudigen Augen winkten uns die beiden Mädchen nach, bis wir im Dunkel der Nacht verschwunden waren.

Der Neffe

Wir standen vor unserer Blechkutsche und erkannten, dass ein Opel Kadett als Nikolausfortbewegungsmittel doch ein allzu weltliches Gefährt ist. Alle Scheiben waren zugefroren, das Schlüsselloch ebenso, sodass sich die Türen nicht aufsperren ließen. Da standen wir also, Knecht Ruprecht mit seinem Sack, seiner Kette und seiner Rute und ich mit allen Dingen, die ein Bischof Nikolaus so braucht. Doch leider zählte bei keinem von uns Enteisungsmittel zur Standardausstattung. Es blieb uns also nichts anderes übrig, als unsere Opelkutsche stehen zu lassen und zu Fuß weiterzumarschieren.

So kamen wir mit ungefähr einer halben Stunde Verspätung beim nächsten Haus an. Es war das Haus meiner Schwester, die schon ungeduldig vor der Haustür wartete. Mit dem üblichen »Grüß Gott, alle miteinander«-Auftritt schritten wir erneut zur Tat.

Wir betraten das hell erleuchtete Haus. Ein Duft von Räucherkerzen lag in der Luft, und aus dem Radio erklang leise Weihnachtsmusik. Schon stand mein vierjähriger Neffe Tobias vor dem Nikolaus und gab schüchtern Antwort auf meine Fragen.

Gerade erzählte ich die Geschichte von den Englein, die das ganze Jahr für mich die Kinder beobachten, als Tobias unterbrach: »Bist du der Onkel Michael?«

Ich war sprachlos. Hinter mir hörte ich ein lautes Geräusch. Vermutlich kam es von Knecht Ruprecht, der sich wohl das Lachen mit aller Kraft verbeißen wollte, was ihm nicht wirklich gut gelang.

»Nein, lieber Tobias, da täuschst du dich«, erwiderte ich, nachdem ich einmal tief geschluckt hatte. »Ich bin der Nikolaus. Dein Onkel ist ganz weit weg.«

Tobias schien mit dieser Aussage zufrieden zu sein und wollte nun gerne die Mitschriften der Engel hören, da er sich nicht vorstellen konnte, dass sie etwas Schlechtes aufgeschrieben hätten. Kaum hatte ich den Teil mit »Lieber Tobias, du musst deinen Eltern mehr im Haushalt helfen« erreicht, als mich mein Neffe wieder unterbrach und sagte: »Mein Onkel Michael redet genauso wie du.«

»Dein Onkel hat halt auch so eine schöne Aussprache wie ich«, antwortete ich mit einem Augenzwinkern.

»Der ist aber auch genauso groß wie du«, bohrte Tobias nach.

»Dein Onkel hat halt genauso wie ich immer fleißig seine Mahlzeiten aufgegessen, und darum ist er so groß geworden«, klärte ich ihn auf, um mich aus dieser Situation herauszuwinden. »Und deshalb musst du auch immer alles, was dir deine Mama kocht, aufessen, damit du auch einmal so groß wirst.«

Der Krampus konnte sich vor Lachen kaum mehr still im Hintergrund halten und amüsierte sich köstlich über meine verzweifelten Versuche, meine Glaubwürdigkeit als allwissender Nikolaus zurückzugewinnen.

»Aber jetzt, lieber Tobias«, versuchte ich wieder den Faden zu finden, »hörst du bitte auf, immer abzulenken, gell! Meine Englein haben mir nämlich noch viel mehr aufgeschrieben.«

Tobias gehorchte und starrte mich still und aufmerksam an. Mittlerweile las ich schon seine Pluspunkte vor, wurde von ihm aber ständig von oben bis unten gemustert und versuchte ihm durch eine noch tiefere Stimme und noch erhabenere Haltung zu zeigen, dass ich auf keinen Fall sein Onkel sei.

»Was mich ganz besonders freut, lieber Tobias, ist« – ich war gerade beim zweiten positiven Punkt angelangt – »dass du immer fleißig mit deiner Mama und deinem Papa bastelst und malst …«

»Und mit dir«, unterbrach mich Tobias.

»Was ist mit mir, Tobias?«, fragte ich.

»Mit dir bastle ich auch immer gerne, Onkel.«

»Lieber Tobias, ich bin nicht dein Onkel«, erwiderte ich, immer mehr die Hoffnung verlierend, ihm das noch klarmachen zu können.

»Dann hab ich halt mit dir gebastelt, Nikolaus«, sagte Tobias.

»Nein, du hast nicht mit mir gebastelt, sondern mit deinem Onkel«, antwortete ich.

»Woher weißt du, dass ich mit meinem Onkel gebastelt habe?«, fragte Tobias neugierig.

»Aber natürlich weiß ich das, schließlich sehen meine Engel alles. Und jetzt hör mir bitte wieder zu.«

Tobias musterte mich wiederum bis ins kleinste Detail. Ich schloss nun das Loben ab und fragte ihn, ob er mir auch etwas vorsingen könne.

»I glaub fei', du bist schon der Onkel Michael«, stellte Tobias statt einer Antwort fest.

»Nein, das bin ich nicht. Kannst du nun was singen?«, sagte ich im vollen Bewusstsein meiner hoffnungslosen Situation. Knecht Ruprecht hatte schon Streifen in seinem dreckigen Gesicht, da ihm vor lauter Lachen Tränen über das Gesicht liefen, die die Schminke verwischten.

Tobias begann fröhlich ›Alle Jahre wieder‹ zu singen. Als er fertig war, gab ich ihm seine Geschenke und erzählte ihm von den vielen Kinderlein, die wir heute noch besuchen würden.

»Gell, Onkel Michael, und nächstes Jahr verkleidest du dich wieder als Nikolaus und bringst Geschenke, und wir feiern«, sagte Tobias.

Ich grinste in meinem Bart hinein und sagte: »Ja, Tobias, nächstes Jahr komme ich wieder.« Er lächelte zufrieden und schien sich schon jetzt auf das nächste Jahr zu freuen.

Kaum hatte meine Schwester die Tür geschlossen, platzte es aus Elias heraus: »Also, Onkel Nikolaus, ich muss schon sagen, den hast jetzt aber wirklich vollkommen überzeugt.«

Und so ging es lachend weiter, zu den vielen Kindern auf der großen weiten Welt, die an diesem Tag alle wollten, dass der Nikolaus sie besucht.

Der Nikohase

Auf dem Rücken ein Nikolaussäckchen,
im Gesicht zwei rote Bäckchen,
in der Hand ’nen Bischhofsstab –
Hört gut zu, wie sich’s begab:

Ein Hase, den zum Osterfest
niemand Eier bringen lässt,
saß traurig in sei’m Hasenbau,
getröstet nur von seiner Frau.

»Ich würd so gerne Leut beschenken«,
sagt’ er und fing verzweifelt an zu denken.
»Zu Ostern sind’s zu viele Hasen,
die über Feld und Berge rasen.«

»Hmmm! Du musst neue Wege gehen,
darfst nicht nur den Frühling sehen.
Auch der Winter ist doch gut«,
machte seine Frau ihm Mut.

Winter hin und Winter her,
dachte nun der Hasenherr.
Plötzlich rief er: »Liebste mein,
ich will ein Nikohase sein.«

So fragte er den Nikolaus:
»Hey, Niko, wie sieht’s aus?
Darf ich mit dir Geschenke bringen
und weihnachtliche Lieder singen?«

Zunächst hat der die Stirn gerunzelt,
doch hat er dann recht schnell geschmunzelt.
»Gern!«, sagte so der heil'ge Mann.
»Zieh dich dazu noch passend an!«

Auf dem Rücken ein Nikolaussäckchen,
im Gesicht zwei rote Bäckchen,
in der Hand 'nen Bischofsstab,
so setzte sich der Has in Trab.

Doch im Revier des Nikohasen
rümpften alle ihre Nasen.
Ihre Schuhe bleiben leer,
ins Haus geliefert ward nichts mehr.

Überall ward g'sucht wie toll,
ein jeder Garten war nun voll.
Denn nun gab es zum Nikolausfest
ein echtes Nikohasennest.

Und so hat in jener Nacht
der Nikohas die Gschenke bracht.

Operation »Herrschaftszeiten, Weihnachtszeit«

»Na ja, da kann man nichts machen«, seufzte Opa Fritz.

»Na ja, da kann man nichts machen?«, erwiderte der Maxl entsetzt.

»Na ja, da kann man wirklich nichts machen«, betonte der Opa.

»Na ja, da kann man nichts machen?!? Ts, ts, ts ...!«, schmipfte Maxl.

Ohne dieses »Na ja« wäre die folgende Geschichte wohl nie geschehen. Denn seine Folgen waren beachtlich. Aber fangen wir von vorne an.

Der Opa Fritz war seit grob geschätzten 45 Jahren Nikolaus im Kaufhaus Steiner am Markt. Und wenn man ehrlich ist, war Opa Fritz der geborene Nikolaus: Seine untersetzte Figur, seine roten Backen, seine leicht knollige Nase bildeten die perfekten optischen Voraussetzungen für diese Karriere. »Mei, der Schallinger-Fritz, des is halt a gstandener Nikolaus!«, haben unzählige Menschen jedes Jahr aufs Neue bewundernd angemerkt.

Doch dann übernahm ein anderer das Kaufhaus, ein gewisser Lars Lammers. Wenn man schon so einen Namen hat, oder?!? Das war einer mit mehr Innovationskraft. Einer mit besseren Marketingideen. Einer mit einem Zukunftsplan. Na ja, und da flog der Opa Fritz in dem berühmten hohen Bogen aus dem Kaufhaus und wich einem rot gezipfelten Weihnachtsmann und zwei Weihnachtselfen; ein Weihnachtself ist übrigens eine Art Robin Hood mit Spitzohren. Es lebe die Innovation und ihre sensationellen Ideen!

Auf jeden Fall schob Opa Fritz seinen mittlerweile doch sehr voluminösen Körper langsam vom Markt nach Hause, wo ihn ein mittelgroßer Junge mit leuchtenden Augen ansah.

»Hey, Nikolaus«, rief dieser Junge – es war sein Enkel Maxl –, »was machst denn du schon da?«

Maxl hatte diese Verbindung zwischen Nikolaus und Opa schon ziemlich früh durchschaut. Inzwischen war er eh schon in der siebten Klasse, aber er wusste, wie man dichthalten konnte. Deshalb erzählte er keinem von der Doppelidentität seines Großvaters.

»Ach, Bua«, seufzte der Opa Fritz in tiefstem Bayrisch, »mich haben s' heute rausgeschmissen! So einen rot gezipfelten Schnösel mit Coca-Cola-Umhang und Dauergrinsen haben s' dafür eingestellt.«

»Was?!?« Maxl war entsetzt. »Ja, Herrschaftszeiten, Kruzefünferl!«

»Man soll nicht fluchen!«, mahnte der Opa.

»Stimmt, Opa, man ›soll‹ das nicht machen. Aber ›soll‹ ist ja eher eine Empfehlung.«

»Hast recht, Bub! Sacklzement!« Der Opa zwinkerte Maxl zu. »Eine sehr vage Empfehlung, find ich. Man kann sich ja nicht an jede Empfehlung halten.«

»Aber, Opa!« Maxl wurde streng. »Das kann doch nicht dein Ernst sein, dass du dich von dem Kaufhaus-Dings da rausschmeißen lässt.«

Jetzt sind wir an der Stelle angelangt, die ihr alle schon kennt:

»Na ja, da kann man nichts machen«, seufzte Opa Fritz.

»Na ja, da kann man nichts machen?«, erwiderte der Maxl entsetzt.

»Na ja, da kann man wirklich nichts machen«, betonte der Opa.

»Na ja, da kann man nichts machen?!? Ts, ts, ts ...!«, schmipfte Maxl und fügte ergänzend diplomatisch hinzu: »Opa! Ich glaub, du hast einen Vogel!«

»Hey, hey! Also beleidigen darf man seinen Opa nicht. Das ist keine Soll-Empfehlung, das ist eine Watschn-Vermeidungsbestimmung.«

»Ah geh, Opa, hör auf! Du willst dir das doch nicht tatsächlich gefallen lassen.«

»Na ja, da kann man halt ...«

»Stopp! Red ja nicht weiter! Ich will das nicht hören«, unterbrach der Maxl den Opa energisch. »Wir zwei, Opa, wir überlegen uns jetzt was. Diesen Kaufhausleuten soll Hören und Sehen vergehen.«

»Na ja, da...«

»Opa!« Maxl schnitt seinem Opa wieder das Wort ab. »Ich will jetzt kein ›Na ja‹ mehr hören.«

»Jetzt lass mich halt mal ausreden! Ich wollte nur sagen: ›Na ja, dann zeigen wir's diesen Pfeifen halt!‹«

Fritz kniff sein linkes Auge zusammen, und beide begannen zu lachen.

Sofort gingen sie in den Keller. Es krachte, es puffte, es zischte, es quietschte – na ja, so extrem war es nicht, aber man hörte die zwei Männer eine Zeit lang an verschiedenen Stellen wühlen und ganz viel lachen. Ab und zu sagte der eine von beiden, wenn der andere offensichtlich eine gute Idee hatte: »Oh ja, das ist gut, da werden sie Augen machen!« Oder etwas anderes, was aber inhaltlich gleichbedeutend war.

Schließlich kam der 6. Dezember. Nikolaustag. Tag der Revanche. Tag der Gaudi!

Am frühen Nachmittag zogen Maxl und sein Opa aus, um die Ehre des bayerischen Nikolaus zurückzuholen und den rot gezipfelten Ami-Import das Fürchten zu lehren. Beide waren ›zivil‹ gekleidet und schlenderten wie vollkommen zufällig über den Markt.

Die Temperaturen lagen einiges unter dem Gefrierpunkt, die Sonne strahlte dazu – optimales Wetter für ›den Plan‹! Auffällig an den beiden waren nur ihre großen und offensichtlich prall gefüllten Rucksäcke und die zwei übervollen Einkaufstaschen in ihren Händen.

Plötzlich kam es: Klingelingeling – Klingelingeling! Eine Glocke erklang auf dem Marktplatz, doch die daran anschließende Lautsprecherdurchsage ließ die beiden zusammenzucken:

»Ho – ho – ho, tretet näher, meine Freunde! Ho – ho – ho, der Weihnachtsmann freut sich auf euch! Ho – ho – ho, meine Weihnachtselfen haben tolle Überraschungen für alle kleinen und großen Kinder! Ho – ho – ho!«

»Wie man nur so saublöd ›Ho – ho – ho‹ plärren kann!«, schimpfte Opa Fritz los.

Allerdings schimpfte er leise, er wollte ja schließlich nicht unnötig auffallen. Geheimhaltung war nämlich das Wichtigste für ›den Plan‹.

»Ja, und wie man nur so saublöde Weihnachtselfen statt unseren schönen Engerl und unserm guten Krampus einstellen kann!«, stimmte Maxl in das Flüsterschimpfen mit ein.

»Liebe Marktbesucher«, erklang nun eine andere Stimme, »wir würden uns sehr freuen, wenn Sie in 30 Minuten den Weihnachtsmann und seine Weihnachtselfen vor unserem Kaufhaus Steiner am großen roten Thron besuchen und sich von ihnen beschenken lassen. Natürlich steht der Weihnachtsmann mit seinen Gehilfen auch für Fotos zur Verfügung. Kommen Sie zu uns! Ihr Kaufhaus-Steiner-Team.«

»Wir kommen schon, nur keine Sorge!«, flüsterte der Opa Maxl zu. Beide setzten ihr hinterlistigstes Lachen auf und rieben sich die Hände.

Langsam schlichen sie an den roten Weihnachtsmannthron heran. Ein roter Teppich war davor ausgerollt. In etwa fünf Metern Entfernung standen etliche braune Säcke nebeneinander, die gut gefüllt aussahen.

»Da schau hin, Maxl!«, sagte der Opa. »Einen neuen Hauptdarsteller mag er, der neue Chef, aber als Säcke nimmt er immer noch die alten Kartoffelsäcke, die schon beim Anschauen in Fetzen reißen. So ein Geizbär, so ein greisliger!«

»Ist doch ideal, Opa, oder? Läuft ja alles wie geplant und so, wie du gedacht hast!«

Opa Fritz nickte geheimnisvoll.

Inzwischen standen sie direkt vor dem etwa drei Meter langen roten Teppich.

»Optimal, Maxl, es ist keiner von den Kaufhausleuten da! Auf geht's!«, sagte der Opa.

»Jawohl, Opa! Operation ›Herrschaftszeiten, Weihnachtszeit‹ kann beginnen!«

Opa Fritz schaute mit harmloser Miene den Vorbeigehenden zu, während Maxl ein großes Messer herausholte und in eine der beiden Plastiktüten kräftig, aber unauffällig von unten hineinstach. Wasser sprudelte sofort aus dem Loch heraus. Denn in der Einkaufstüte hatten sie einen weiteren Plastikbeutel mit Wasser versteckt.

Sofort ging Maxl den roten Teppich langsam auf und ab. Die Tüte hielt er dabei knapp über dem Boden, damit keinem Passanten auffallen konnte, dass aus ihr etwas herausfloss.

Die zweite Tüte, die ebenfalls voll Wasser war, öffnete Maxl auf die gleiche Art wie zuvor. Allerdings ließ er ihren Inhalt nicht über den Teppich laufen, sondern über die alten Kartoffelsäcke mit den Geschenken.

»Stufe 1 abgeschlossen, Nikolaus!«, flüsterte Maxl und salutierte, als er die beiden Plastiktüten unauffällig in einen nahe gelegenen Papierkorb gestopft hatte und wieder neben seinem Opa stand.

»Guat! Dann auf zu Stufe 2!«

Wieder vergewisserten sie sich, dass noch kein Bediensteter des Kaufhauses herauskam und dass sie auch anderen Menschen nicht aufgefallen waren. Opa Fritz nahm seinen Rucksack zur Hand und zog ein kleines Schächtelchen heraus.

»Da sitzt der nicht besonders kommod«, grinste er, als er den Inhalt des Schächtelchens, etwa hundert rote Reißnägel, auf der Sitzfläche des Weihnachtsmannsthrons ausgeleert hatte.

»Die Reißnägel heben sich von dem roten Polster überhaupt nicht ab«, bemerkte Maxl.

»Ich liebe es, wenn ein Weihnachtsplan funktioniert«, flüsterte Opa Fritz zurück und zwinkerte.

Nun zogen die beiden Männer eine alte schwarze Bundeswehrschuhcreme und einen Topf flüssigen Honig aus den Rucksäcken.

»Also, los geht's, Stufe 3!« Beide schwärmten erneut aus. Maxl mit der Schuhcreme unter der Jacke zum Weihnachtsmannthron, Opa mit dem Honig zu den Geschenksäcken. Wiederum unentdeckt trafen sie sich einige Augenblicke später etwas abseits vom Brennpunkt des Geschehens.

»Wahnsinn, Opa, wie gut das alles funktioniert«, sagte Maxl.

»Also, dass es so reibungslos läuft, hätte ich auch nicht vermutet«, gab der Opa zur Antwort. Er blickte auf die Uhr. Es waren nur noch zehn Minuten bis zum vorher angekündigten Weihnachtsmannstart. »Oh, es ist Zeit! Dann folgt jetzt also Stufe 4 unserer Operation. Ich muss schon sagen, meine Lieblingsstufe.«

Fritz nahm den Rucksack. Er holte eine Flasche Kräuterschnaps, fünf Gläser und ein Päckchen Glaubersalz heraus. Als Maxl Letzteres sah, fragte er: »Ah, hat Oma das von ihrem letzten Heilfasten also doch noch gefunden?«

Opa Fritz schmunzelte nur: »Ja freilich! Aber es sei halt schon ein ›Scheiß‹-Zeug, hat sie gesagt!«

»Im wahrsten Sinne des Wortes!«, lachte Maxl.

»So, Maxl, jetzt geh ich mal rein zu den Rot-Zipfeln. Bis gleich zur Stufe 5!«

Der pensionierte Nikolaus stapfte ins Kaufhaus und pfiff dabei »Santa Claus is coming to town« vor sich hin. Fast wie abgesprochen kamen ihm dort der Weihnachtsmann, seine zwei Elfen und Lammers, der neue Besitzer, entgegen.

»Grüß Gott, die Herren!«, begrüßte sie Opa Fritz im Eingangsbereich.

»Schallinger, was wollen Sie denn hier? Ich hab doch gesagt, Sie sollen verschwinden und sich nie mehr sehen lassen!«, fuhr ihn Lammers an. Aus der Mimik der anderen drei Herren konnte man die gleichen Gedanken erschließen.

»Ach gehen S', Lammers. Ich bin da, um mich zu entschuldigen. Letztes Mal war ich halt einfach ein bisserl zu emotional und aufgebracht. Tut mir leid. Und ich hab mir gedacht, dass man das Neue auch mit einer guten alten Tradition beginnen sollte.« Er hielt ihnen den Schnaps vor die Augen und fügte hinzu: »Gehen S', liebe Herrschaften, es ist doch Weihnachtszeit. Herrschaftszeiten, begraben wir unseren Streit. Ich wünsch Ihnen hiermit alles Gute.«

Lammers schien fieberhaft nachzudenken, wie er sich diesen alten Mann mit der Schnapsflasche möglichst schnell vom Hals schaffen könnte. Nach Abwägung aller Möglichkeiten hatte er offensichtlich entschieden, dass ein Annehmen der Entschuldigung und ein schnelles Trinken der beste Weg wäre, den alten Schallinger loszuwerden.

»Na gut, Herr Schallinger, trinken wir einen. Auf Ihre unbestritten vorhandenen Verdienste für das Kaufhaus am Markt und auf die neue Zeit!«

Das ließ sich Opa Fritz nicht zweimal sagen. Sofort stellte er die fünf Gläser auf ein Seitenregal und schenkte den Schnaps ein. Für alle anderen unbemerkt blieb, dass er vor Betreten des Kaufhauses das Glaubersalz auf vier Gläser großzügig verteilt hatte – auf die vier Gläser, die er nun gut gefüllt dem

Weihnachtsmann samt seinen Helfern und Lammers reichte.

»Also, samma wieder guat! Des is koa Empfehlung, sondern Pflicht!«, sagte Opa Fritz, stieß mit den anderen an, und alle tranken ihr Glas auf ex aus. »Ich wünsche dir genauso viel Freude, wie ich sie immer gehabt hab, Weihnachtsmann.«

Die vier verabschiedeten sich förmlich vom alten Schallinger und stampften »Ho – ho – ho« schreiend und Glocken läutend zum Weihnachtsmannthron.

Währenddessen betrat Maxl, der bisher aufgeregt vor der Tür gewartet hatte, das Kaufhaus.

»Schnell, Opa. Hoch zu Stufe 5, sonst verpassen wir 's Beste!«

Mit »hoch« meinte Maxl den ersten Stock des Kaufhauses, von dem aus man einen herrlichen Blick über den gesamten Markt hatte. Vor allem einen besonders guten auf den Weihnachtsmannbereich oder, wie Lars Lammers gesagt hätte, auf Steiners Christmas-Area auf dem Markt.

Sie kamen gerade noch rechtzeitig zum Fenster, das sie sofort öffneten und sich hinausbeugten. Da hampelten die beiden Weihnachtselfen gerade nebeneinander am Anfang des roten Teppichs. Doch nichts geschah.

»Mist!«, flüsterte Opa Fritz. »Was ist denn da los?«

»Nur ruhig!«, grinste Maxl. »Die Wasserkonzentration wird zum Thron hin höher.«

Die beiden Elfen sprangen wie kleine Rumpelstilzchen vom Teppich und machten nun den Weg frei für Mister Ho – ho – ho, der wie ein winkender Lachsack auf den roten Teppich trat. Erster Schritt – sicher gestanden – zweiter Schritt – kleiner Wackler – dritter Schritt – großer Wackler – vierter Schritt – voller Aufprall! Mit dem Kopf an die Thronkante. Und noch wirkungsvoller: Voller Aufprall der Handflächen auf das Sitzpolster!

»Ah – ah – ah!« Der Weihnachtsmann schrie vor Schmerz auf.

»Da schau hin!«, sagte der Opa. »Jetzt hat er eh nur zwei Buchstaben und kann sich nicht amal die merken. Normal müsste es doch ›Ho – ho – ho‹ heißen und net ›Ah – ah – ah!‹« Beide mussten kräftig lachen.

»Aber dass er mit seinen Händen auf das Polster fällt, hätt ich nicht gedacht«, sagte Maxl.

»Ich auch net«, entgegnete der Opa. »Aber dem Schrei nach zu urteilen, waren die Reißnägel in den Händen noch effektiver, als sie im Hintern gewesen wären.«

Während sie redeten, umgriff der Weihnachtsmann die Thronlehnen und stemmte sich hoch. Schnell wischte er mit der Hand die Reißnägel vom Polster, drehte sich um und setzte sich auf seinen Thron. Dabei hielt er mit seinen Händen die Lehnen fest umschlossen, aus Angst, er könnte nochmals wegrutschen. Alle Zuschauer redeten währenddessen wild durcheinander und überlegten, ob Entsetzen oder Lachen in dieser Situation die angebrachtere Reaktion sei. Die meisten entschieden sich offensichtlich für die zweite Variante.

Als der Weihnachtsmann endlich saß, richtete er seinen verrutschten Bart, seine verschobene Brille und seine auf die Augen geglittene rote Zipfelmütze.

Schließlich wischte er sich noch den Schweiß von der Stirn, der sich trotz der Kälte durch diese Aufregung gebildet hatte.

»Macht sich gut«, grinste Maxl seinen Opa an.

»Ja, absolut«, antwortete der Opa. »Also ich finde, es gibt für das Gesicht, den weißen Bart und die rote Kleidung nichts Dekorativeres als schwarze Streifen und Flecken!«

»Ich hatte schon ein bisschen Angst, dass ich auf den Lehnen zu viel Schuhcreme aufgetragen habe, aber wenn ich das so sehe, muss ich sagen: Ein perfektes Farbenspiel!«, meinte Maxl.

Auf dem Marktplatz war unterdessen etwas Ruhe eingekehrt. Der Weihnachtsmann schien sich des Ausmaßes seiner farblichen Verunstaltung nicht bewusst, Lammers versuchte die Missgeschicke zu überspielen und forderte die Kinder auf, näher zu kommen. Die Weihnachtselfen hoppelten zu den Kartoffelsäcken.

»Schau ma mal, ob's klappt«, flüsterte Opa Fritz.

Und wie es klappte! Die Weihnachtselfen versuchten nämlich verzweifelt, die Geschenksäcke vom Boden zu lösen. Sie waren völlig angefroren. Bei einem Sack zog ein Weihnachtself mit all seiner Elfenkraft und riss ihn mitten auseinander. Opa Fritz grinste zufrieden, als wollte er sagen: Seht ihr, mit so alten Säcken kann man nicht arbeiten.

Schließlich gaben es die Weihnachtselfen auf, an den Säcken zu zerren, und entschieden sich dafür, jedes Geschenk einzeln zum Weihnachtsmann zu bringen. Sie griffen gleichzeitig in jeweils einen Sack hinein. Als sie mit beiden Händen drinsteckten, schienen sie zu erstarren.

»Mei, jetzt schaun s' in die verkehrte Richtung«, sagte Opa Fritz enttäuscht. »Und ich hätte doch so gern ihr Gesicht gesehen, wenn sie die Geschenke herausholen, die über und über mit dem schlechten Honig verklebt sind.«

»Na, na, Opa, net übermütig werden, man kann ja nicht jede Gaudi haben«, entgegnete Maxl.

Dennoch haben die Elfen offenbar ein paar relativ heile Geschenke gefunden und brachten sie dem Weihnachtsmann. Der wiederum wollte sie nun an die Kinder weitergeben. Komischerweise hatten die meisten Mädchen und Jungen anscheinend nicht mehr so viel Lust, sich auf den Schoß dieses schwarz verschmierten und zuvor noch laut schreienden Mannes mit der roten Zipfelmütze zu setzen. Allmählich ließen sich einige wenige Kinder durch intensives Zureden seitens ihrer Eltern doch zum Vorgehen bewegen. Mit gemischten Gefühlen nahm das erste Mädchen ihr kleines rotes Schächtelchen entgegen. Auch dem zweiten schien die Sache noch nicht ganz geheuer. Als das dritte Kind, der erste Junge, sich auf den Schoß des Weihnachtsmannes setzen wollte, sprang dieser wie von der Tarantel gestochen auf. Auch Lammers und die Elfen bekamen auf einmal eine seltsame Gesichtsfarbe. Nahezu gleichzeitig stürmten sie plötzlich zurück in das Kaufhaus – ohne Abschiedsgruß, ohne Erklärung und ohne »Ho – ho – ho«.

»Blöd, dass es im Kaufhaus nur drei Toiletten gibt!«, sagte Maxl betont mitfühlend.

»Ja! Und dabei sind die Damen- und die Personaltoiletten schon mit einbezogen«, nahm auch Opa Fritz augenzwinkernd Anteil an der Not der vier

Männer, die die unglaubliche Wirkung von Glaubersalz nun am eigenen Leibe erfahren durften.

»Scheiße!«, sagte Maxl.

»Riesenscheiße!«, nickte Opa. »Aber jetzt Stufe 6. Komm, schick dich!«

Die beiden Schallingers liefen nun zum Ausgang und auf die andere Seite des Marktplatzes. Dort hatten sie zuvor schon ein verpacktes Plakat samt Ständer in eine Ecke gestellt. Maxl wickelte es nun aus und baute es auf. Währenddessen ging Opa Fritz in eine kleine Seitengasse und öffnete das Paket, das sie ebenfalls dort abgelegt hatten.

Nicht einmal zehn Minuten später waren unzählige Kinderaugen erwartungsvoll auf eine kleine Seitengasse des Marktplatzes gerichtet. Denn dort kam gerade erhaben und freundlich der Nikolaus herausspaziert, der den Kleinen und Großen die Hand gab, übers Haar strich, viele Geschenke verteilte und sich neben ein Plakat stellte, auf dem ganz groß Folgendes geschrieben stand:

Herrschaftszeiten, Weihnachtszeit!
Hörts gut zu, ihr lieben Leut:
A Weihnachtsmann fliegt bei uns 'naus!
A Bayer mag an Nikolaus!

PS.: Das ist keine Empfehlung ☺!

Nikolaus gestern und heut

Mit guat acht Jahr' hab ich entdeckt,
wer wirklich hinterm Nik'laus steckt:
Mein Nachbar war's mit weißem Bart,
der mir bestimmt und manchmal hart
gezeigt hat, was im Leben zählt.
Die Wirkung hat des nie verfehlt!

Heut weiß mit vier scho' jedes Kind:
Des Christkind und der Nik'laus sind
Erfindungen von schlauen Leuten,
um 's Geld der Eltern zu erbeuten.
Wia schee war doch mei' Jugendzeit
mit Angst, Respekt und Weihnachtsfreid!

Der Besuch

Was rumpelt und pumpelt in deinem Sack,
sind das die Nüsse, die ich mag,
oder das Spielzeugwarenhaus,
vielleicht sogar ein Leseschmaus?

Was du mir auch immer bringst,
ich hoffe, dass du mit mir singst.
Lieder machen Herzen froh
und sagen dir: »Ich mag dich so!«

Oh lieber, guter Nikolaus,
komm bald wieder in mein Haus.
Gibst du auch manchen strengen Blick,
lässt du doch reichlich Glück zurück.

Tränes Weihnacht

Frau Träne saß in ihrem Sessel vor dem Kamin. Während sie das prasselnde Feuer betrachtete, dachte sie an die vielen vergangenen Weihnachtsfeste, die sie mittlerweile einsam zu Hause gewesen war. Sie begann, wie jedes Jahr, zu weinen. Ihre Tränen tropften trostlos auf den Boden, wo sie durch die Wärme des Kamins schnell trockneten. Um ihr Haus wehte ein kalter, ein eisiger Wind, und das Dunkel hatte bereits seit einigen Stunden die Welt um sie herum eingehüllt.

Frau Träne war wirklich allein. Ihr Mann war vor vielen, vielen Jahren verstorben. Ihre Ehe war kinderlos geblieben. Der Rest der Verwandtschaft und ihre Freunde wohnten weit weg, und sie alle wollten Weihnachten im Kreis ihrer Familie feiern.

Doch plötzlich klingelte es an der Tür. Frau Träne blickte vom Kamin auf und schaute durch rote, verweinte Augen auf die Uhr. Es war halb acht am Heiligen Abend. »Wer will so spät denn noch etwas von mir?«, dachte sie bei sich. Sie nahm ein Taschentuch, wischte sich, so gut es ging, die Tränen aus dem Gesicht, ging zur Tür und öffnete sie bedächtig.

Da blickte sie ein Mann in zerlumpten Kleidern, etwa in ihrem Alter, erwartungsvoll an. Ein Bettler.

»Guten Abend«, sagte sie überrascht, »was kann ich für Sie tun?«

Der Mann antwortete nicht. Doch durch den dichten grauen Vollbart war deutlich ein Lächeln auf seinen Lippen zu erkennen. Auf seltsame Weise fand Frau Träne es ermutigend, dass das freundliche

Gesicht des Fremden ihre einsame Nacht erhellte. Der Mann lächelte immer noch. Frau Träne begrüßte ihn noch einmal und fragte ihn wiederum, was er wolle. Da zog der Mann einen alten, zerfledderten Block und einen Stift aus einem vergilbten Stoffbeutel und begann etwas auf die vorderste Seite zu schreiben. Als er nach einiger Zeit fertig war, hielt er Frau Träne lächelnd das Blatt entgegen. Sie las:

»Guten Abend und wunderschöne Weihnachten. Ich heiße Erwin Schmunzel und bin stumm. Ich ziehe umher und habe kein Zuhause. Ich wollte Sie nur bitten, mir eine Tasse Tee herauszubringen, damit es mir in dieser eisigen Nacht ein bisschen wärmer wird. Dann bin ich auch schon wieder weg. Bitte haben Sie keine Angst vor mir!«

Frau Träne wusste zunächst nicht, was sie davon halten sollte. Es war schon sehr seltsam, dass dieser Mann gerade am Heiligen Abend zu ihr kam und sie um eine Tasse Tee bat. Sie überlegte kurz, doch schließlich lud sie ihn ein, zu ihr hereinzukommen. Erst jetzt bemerkte sie, wie sehr er am ganzen Leib vor Kälte zitterte. Sofort holte sie eine warme Decke, wickelte ihn fürsorglich darin ein und forderte ihn freundlich auf, sich auf das Sofa zu setzen. Der Mann lächelte sie mit strahlenden Augen an. Doch auch Frau Träne war sichtlich erfreut darüber, am Heiligen Abend doch nicht ganz allein sein zu müssen. Schnell ging sie in die Küche, setzte Teewasser auf, holte einen Knochen zum Suppekochen aus der Gefriertruhe und bereitete ein wenig Brot und Wurst vor.

Als sie mit der Tasse Tee in der Hand wieder zu Herrn Schmunzel kam, hielt der ihr mit freundlicher

Miene einen Zettel entgegen, auf den er geschrieben hatte:

»Vielen herzlichen Dank! Sie sind wirklich sehr freundlich zu mir. Eigentlich wollte ich doch nur schnell eine Tasse Tee, und Sie bitten mich herein und schenken mir Wärme. Ich wollte Ihnen keine Umstände machen. Schon seit langer Zeit wurde ich von keinem Menschen mehr so nett behandelt.«

»Na, na, jetzt warten Sie erst mal, bis Sie richtig gegessen haben!«, antwortete Frau Träne. Dennoch war ihr die Freude über diese Zeilen anzumerken. »Kann ja nicht sein, dass Sie am Heiligen Abend allein durch die Gegend laufen und nirgends was Warmes zu essen kriegen«, fuhr sie fort. »Das werde ich schon ändern!«

Sie ging wieder in die Küche, holte die fertig gekochte Suppe, die Wurst und das Brot. Herr Schmunzel verschlang das Essen, doch vergaß er dabei nie, Frau Träne immer wieder dankbar zuzunicken und zu lächeln. Es schien, als erhellten sein Lächeln und seine Freude das gerade noch so triste Wohnzimmer mit unsagbarem Glück.

Da läutete es erneut an der Tür. Frau Träne war überrascht, dass noch jemand zu ihr kam, ging zum Eingang und öffnete zögernd die Tür. Da sagte ein junger Mann zu ihr:

»Schönen Abend und frohe Weihnachten. Es tut mir leid, dass ich Sie in der Heiligen Nacht störe, aber mein Auto hat 300 Meter von hier seinen Geist aufgegeben, und ich muss nun auf den Abschleppdienst warten. Es ist bitterkalt draußen, und ich friere. Wenn es blöd läuft, kann das bis morgen früh dauern. Ich habe bei Ihnen Licht gesehen und mir gedacht, dass ich Sie frage, ob ich mich vielleicht ein wenig bei Ihnen aufwärmen könnte. Wenn es zu unverschämt ist, dann gehe ich natürlich wieder. Ich kenne mich in dieser Gegend leider nicht aus und habe auch nirgends ein Hotel oder eine Wirtschaft gesehen.«

»In unserer Gegend ist wenig los, und Hotels haben wir hier nicht. Aber ich lasse Sie natürlich nicht in der Kälte stehen. Sie sind nicht der Einzige, der heute meine warme Stube der kalten Straße vorzieht. Kommen Sie herein, Herr ...«

»Wort«, entgegnete der Mann, »Johann Wort.«

Sie gingen ins Haus. Frau Träne wies Herrn Wort den Platz auf dem Sofa neben Herrn Schmunzel an, der den Neuankömmling mit einem freundlichen Lächeln willkommen hieß. Herr Wort erwiderte dieses und begrüßte ihn ebenfalls:

»Wunderschönen guten Abend und frohe Weihnachten, Herr ...«

»Oh Entschuldigung, ich habe das Vorstellen vergessen«, bemerkte Frau Träne, während sie schon wieder auf dem Weg in die Küche war. »Das ist Herr Schmunzel. Er war auch alleine in dieser kalten Nacht und wärmt sich nun ein bisschen bei mir auf. Er ist stumm.«

Herr Schmunzel nickte zustimmend.

»Also dann, frohe Weihnachten, Herr Schmunzel«, führte Herr Wort den Satz von vorher zu Ende.

Die beiden Herren schienen sich auf Anhieb gut zu verstehen. Da kam schon Frau Träne wieder, die schnell in der Küche noch einen Teller für Herrn Wort geholt hatte. Sie setzte sich den beiden Männern gegenüber auf einen Sessel und sagte zu Herrn Wort:

»Wenn ich so offen fragen darf, Herr Wort: Warum fahren Sie am Heiligen Abend mit dem Auto durch die Gegend und feiern Weihnachten nicht zu Hause?«

»Eben weil ich Weihnachten zu Hause feiern wollte, fuhr ich durch diese Gegend«, erwiderte Herr Wort. »Mein Chef hat mich heute zu einem Meeting nach Salzhausen geschickt, ob ich nun wollte oder nicht. Doch danach fuhr ich sofort los, um zu meiner Frau und meinen zwei Kindern heimzukommen. Wir wohnen noch ein ganzes Stück von hier entfernt, und ausgerechnet heute muss mein Auto kaputtgehen. Na ja, ich habe meine Kinder angerufen und ihnen versprochen, dass wir morgen den Heiligen Abend nachfeiern. Sie haben es verstanden, und ich bin mir sicher, dass sie sich sehr auf morgen freuen.«

»Wie kann Ihr Chef nur so herzlos sein!«, empörte sich Frau Träne und schöpfte jedem der beiden noch etwas Suppe in ihre Teller.

»Ach, wissen Sie«, antwortet Herr Wort, »mein Chef sagt, Geschäft ist Geschäft und steht über allem. Ich muss genauso denken, sonst wäre ich bald arbeitslos. Und meine Familie müsste dann viel Schlimmeres in Kauf nehmen als einen Heiligen Abend ohne ihren Vater.«

Da nahm Herr Schmunzel Stift und Zettel zur Hand und schrieb:

»Ich finde es schlimm, dass es Leute gibt, die so denken wie Ihr Chef. Gerade deshalb finde ich es umso schöner, dass es auch noch Menschen gibt, die zu Weihnachten anderen eine Freude machen. Ich danke Ihnen, Frau Träne, für dieses wunderschöne Weihnachtsfest.«

»Wunderschön?!?«, fragte Frau Träne. »Wunderschön, na ja, ich weiß ja nicht. Ich kann Ihnen doch nicht viel geben, ich war schließlich gar nicht auf Besuch eingestellt. Diese Suppe und das bisschen Tee kann ja noch kein schönes Weihnachtsfest sein.«

»Nein, nein, Herr Schmunzel hat schon recht«, widersprach Herr Wort freundlich. »Für mich ist es hier so, wie Weihnachten sein sollte. Sie haben uns aufgenommen, ohne viel zu fragen. Sie haben uns zu essen und zu trinken gegeben. Sie waren einfach nur freundlich zu uns, ohne uns überhaupt zu kennen. Sie sind eine beeindruckende Frau. Ich danke Ihnen.«

Auf einmal begann Herr Schmunzel heftig zu grinsen und zu gestikulieren. Die anderen beiden sahen ihn verwundert an.

Er schrieb: »Wissen Sie, was jetzt schön wäre?«

Frau Träne und Herr Wort schauten sich an und schüttelten verwirrt den Kopf.

»Ich würde es schön finden, wenn wir zusammen Weihnachtslieder singen. Ich wünsche mir ein Lied, und Sie beide singen es. Was halten Sie davon?«

»Sie haben Ideen, Herr Schmunzel«, erwiderte Frau Träne unsicher lächelnd. »Ich habe schon ewig nicht mehr gesungen, und ich glaube auch nicht, dass Herr Wort das möchte.«

»Da täuschen Sie sich aber, meine Liebe«, antwortete dieser freundlich, aber bestimmt. »Ich würde sehr gerne mit Ihnen singen. Gemeinsam Weihnachtslieder zum Besten geben ist doch schließlich das Schönste auf der Weihnachtswelt.«

Frau Träne lachte erfreut auf. Sehr gerne wollte sie singen. Sie hatte sich vorher nur nicht getraut, dies zuzugeben, da sie nicht mit einer solchen Zustimmung gerechnet hatte.

»Dann lasst uns singen!«, rief sie glücklich aus.

Herr Schmunzel schrieb nun sein erstes Wunschlied auf einen Zettel. Es war »Süßer die Glocken nie klingen«. Grinsend hielt er den anderen beiden den Zettel hin und begann danach wie ein Dirigent mit den Fingern den Takt vorzugeben. Da er sein Dirigieren noch mit absichtlich theatralischen Gebärden untermalte, mussten Frau Träne und Herr Wort aus tiefstem Herzen über den Witz des armen Mannes lachen. Schließlich gab er den beiden ihren Einsatz, und sie begannen zu singen.

Plötzlich veränderte sich der Raum, in dem sie saßen. Er wurde zum prachtvollsten Weihnachtszimmer, das man sich nur vorstellen konnte. Das spärliche Kerzenlicht schien mehr Wärme und Wohligkeit auszustrahlen als die größten Kerzenleuchter der Welt. Eine unvorstellbare Freude erfüllte in dieser Stunde den Raum, und Frau Träne fühlte sich, als könne sie das Weihnachtsglück mit Händen fassen.

Sie hätten die glücklichen Gesichter der drei sehen sollen, wie sie da so saßen und sangen. Herr Schmunzel wurde nicht müde, immer neue Lieder auf seinen Zettel zu schreiben, und die anderen zwei sangen und sangen und sangen. Längst waren alle Sorgen aus ihren Herzen verschwunden. Nun war wirklich Weihnachten.

Schließlich schrieb Herr Schmunzel »Stille Nacht« auf seinen Zettel und gab liebevoll den Takt vor. Nie hatte Frau Träne den Klang dieses Liedes wunderbarer empfunden als in diesem Moment. Während sie sangen, begann sie wieder zu weinen, diesmal noch mehr als zuvor.

Aber sie weinte nicht, weil sie einsam war. Sie weinte nicht, weil sie keiner beachtete. Nun weinte sie, weil ihr zwei fremde Männer das schönste Weihnachten geschenkt haben, das sie seit dem Tod ihres Mannes erlebt hatte. Seit damals hatte sie nicht mehr so viel Freude und Wärme gefühlt.

Sie sangen noch die letzte Strophe zu Ende. Dann kehrte eine friedvolle Ruhe in dem kleinen Raum ein. Nur das Feuer gab ab und zu knisternde Laute von sich.

Als Frau Träne am nächsten Morgen erwachte, saß sie in ihrem Sessel. Ein leichtes Frösteln überkam sie, das Feuer war mittlerweile aus. Unsicher schaute sie umher. Nichts war mehr von Herrn Schmunzel oder von Herrn Wort zu sehen, die ihr ein solch wundervolles Weihnachtsfest bereitet hatten. Und nichts deutete auf Besuch in der gestrigen Heiligen Nacht hin. Eine einsame Träne lief ein letztes Mal still und vorsichtig über ihre Wange.

Wann i in' Himme 'naufschau

Wann i in' Himme 'naufschau
und siehg des Weißblau,
dann stell i mir vor,
dass drobn vorm Himmelstor
des Christkindl hockt,
mit die Engerln frohlockt;
der Petrus hört zua
und genießt diese Ruah.

Doch nachher kommt d' Weihnacht,
dann springen s' obn auf.
Gibt koan mehr, der freimacht
im himmlischen Haus.

Die Gschenkerl werdn packelt,
der Schlitten poliert.
Da wird net lang gfackelt,
a jeder pariert.

Dann fliagt 's Christkind munter
ins Bayernland 'nunter.
Dort bsucht's alle Leut
in kürzester Zeit.
Mit goldenen Löckchen
und prächtigem Röckchen
erhellt's jeden Raum,
erfüllt's manchen Traum.

Viel z' schnell fliagt's dann leider
zum nächsten Haus weiter.
Dann müaßn die Bayern
allein weiterfeiern.

Doch 's Schönste bleibt z'rück:
der Friede und 's Glück.

Das Geschenk

Oh, wie Max diese Überlegungen hasste. Seit er in der Grundschule war, half ihm sein Vater nicht mehr bei der Suche nach einem passenden Geschenk für seine Mutter.

Letztes Jahr war es schon schwierig gewesen. Aber da hatte er sich letztendlich für das Basteln von Sandteigfiguren entschieden. Das Ergebnis konnte sich damals durchaus sehen lassen – ein Nikolaus mit großem braunen Sack, der zusammen mit einem Engel das Christkind besucht. Sein Vater war damals äußerst stolz auf ihn gewesen, da er Max bei nichts außer der Teigherstellung helfen musste. Und die Mutter, ja die hatte geschaut, was ihr Sohn alles in Eigeninitiative auf die Beine stellen kann, und hatte sich unglaublich gefreut.

Aber in diesem Jahr schien es wie verhext. Max wollte und wollte nichts Gutes einfallen, und dabei hatte er sich schon seit Wochen den Kopf zermartert. Mit einer Mischung aus Verärgertsein wegen seiner Ideenlosigkeit und Verzweiflung stapfte der Junge in sein Zimmer. Irgendetwas musste er doch finden.

»Du brauchst ein Geschenk für deine Mama, nicht?«

Wer war das? Wer hatte das gesagt? Max, der mittlerweile auf seinem kleinen Schreibtischstuhl saß, blickte sich verwirrt um. Wo war diese quietschende Stimme hergekommen?

»Ich wüsste da was für dich.«

Schon wieder! Aber hier war doch niemand! Lief vielleicht irgendwo ein Kassettenrekorder?

»Komm schon, Max, lass mich dir helfen, Kumpel!«

Langsam bekam der Junge wirklich Angst. Er sprang auf und untersuchte mit seinen Augen das komplette Zimmer. Konnte es sein, dass jemand unter dem Bett lag? Oder hatte sich sein Bruder im Schrank versteckt? Für seine schlechten Scherze war dieser ja schließlich bekannt.

Max' Blicke schweiften umher. Da! Hat sich da nicht etwas bewegt? Er trat näher an sein Nachtkästchen heran.

»Na endlich ignorierst du mich nicht mehr, Kumpel!«

Wäre Max ein Mädchen gewesen, wäre er (oder dann vielmehr: sie) in diesem Augenblick mit Sicherheit kreischend aus dem Zimmer gestürmt. Da der Junge dies allerdings für nicht besonders männlich hielt, entschied er sich für ein angewurzeltes Stehenbleiben in Schockstarre. Auf seinem Nachtkästchen stand eine zeigefingergroße Schlumpffigur mit einer Torte in der Hand, die ihn erwartungsvoll anblickte.

»Du … du … k… k… kannst reden?«, stammelte Max, dessen Körper noch immer nicht zu einer Bewegung fähig war.

»Ich kann nicht nur reden, ich kann dir sogar helfen, Kumpel!«

»Wie willst du mir helfen?«, fragte der Junge.

»Jetzt mach dich erst mal locker!«, befahl Torti, der aus dem Fernsehen bekannte Konditorschlumpf, der einst als Sammelfigur aus einem Überraschungsei geschlüpft war. Max gehorchte und entspannte sich, so gut er es den Umständen entsprechend konnte.

»Welche Hilfe hast du für mich?«, wollte der Junge erneut wissen.

»Ich habe eine Geschenkidee für deine Mutter«, eröffnete ihm Torti stolz. »Jede Frau steht auf Süßigkeiten. Du musst deiner Mama das Süßeste schenken, das du nur finden kannst.«

Sofort begann Max fieberhaft nachzudenken, welche Süßigkeit seiner Mutter wohl schmecken könnte.

»Glaub ihm kein Wort!«

Oh Mann, das war eine andere Stimme. Mit amerikanischem Slang! Wo kam die denn her? Wiederum durchsuchte Max ängstlich den Raum, bis er einen Playmobilcowboy sah, der breitbeinig und mit einer Pistole in der Hand auf ihn zuging.

»Ich glaube, ich werde verrückt!« Max überlegte sich, ob eine Flucht hier nicht ausnahmsweise doch zum Repertoire eines männlichen heranwachsenden Zweitklässlers gehören dürfte.

»Quatsch, Junge! Du bist voll da, *man!* Aber du musst auf *mich* hören, nicht auf diesen blauen Tortenkerl!« Der Cowboy zog den Schleim in seiner Nase hoch, legte den Kopf zurück, und es schien, als wollte er seinen Mundinhalt gerade auf den Boden spucken.

»Nicht im Zimmer!«, sagte Max

»Was?!?«

»Nicht im Zimmer spucken! Herr Cowboy! Sagt Mama!« Max lächelte entschuldigend.

»Na ja, ausnahmsweise, *man*«, sagte der Playmobilcowboy. »Also, wenn du ein gutes Geschenk für deine Mutter willst, dann musst du ihr etwas geben, was auch mal so richtig böse werden und schimpfen kann. Ein Hund zum Beispiel, der kann richtig knurren und bellen, der kann deine Mutter dann beschützen.«

Da hat er nicht unrecht, dachte sich Max. Wobei ihm die Idee mit der Süßigkeit auch nicht schlecht gefallen hatte.

Plötzlich öffnete sich wie von Geisterhand der Vorhang des Kasperletheaters. Max blickte in diese Ecke seines Zimmers, blieb allerdings wesentlich ruhiger als bei den beiden Erscheinungen zuvor. Noch verrückter konnte es ja schließlich nicht mehr werden.

»Tri-tra-trallala, tri-tra-trallala, der Kasperle ist für dich heut da!« Der wohl bekannteste Zipfelmützenträger der Welt blickte von seiner Theaterbühne direkt auf den Jungen.

»Kasperle, du kannst auch reden?«, fragte Max.

»Natürlich«, antwortete die Puppenfigur. »Und ich habe eine viel bessere Idee für ein Geschenk. Was hältst du von einem Lachsack? Ein Lachsack bringt deine Mama zum Lachen und lacht sich selbst immer wieder schlapp. Was gibt es denn Besseres als Lachen?«

»Kuscheln!« Schon wieder eine neue Stimme, eine sehr ruhige und tiefe. Von wem kam sie dieses Mal?

»Was ist mit Kuscheln?«, wollte Max wissen.

»Kuscheln ist das Wichtigste«, zwinkerte ihm sein Lieblingsteddybär zu, der in einer Ecke des Sofas saß. »Schenk deiner Mama einen großen Teddybären, und du wirst sehen, wie glücklich das Kuscheln sie macht. Nichts zeigt besser die Liebe zu einem Menschen.«

Max hörte gespannt die letzten Worte des Stofftieres und überlegte. Er blickte nochmals im Kreis, schaute auf Torti, der ihm eine Torte entgegenstreckte, auf den Playmobilcowboy, der mit seinem Revolver fuchtelte, auf den Kasperle mit seinem breiten Grinsen und auf seinen geliebten Teddybären.

Dann wurde es ganz still im Zimmer. Die Figuren waren wieder erstarrt. Nichts deutete mehr auf das vorherige Geschehen hin.

Max stand sachte auf, ging zu seinem Wandspiegel und blickte hinein.

Plötzlich schoss es ihm in den Kopf: »Ich hab's!«, schrie er, biss sich aber sofort auf die Zunge und ärgerte sich über seinen lauten Ausruf, denn seine Mutter hätte ihn hören können.

Fünf Tage später, am Heiligen Abend, läutete das Glöckchen, und Max ging mit seinem Bruder und seinen Eltern ins Wohnzimmer. Lächelnd setzte er sich unter den Christbaum, schien aber die Geschenke mit seinem Namen darauf überhaupt nicht wahrzunehmen.

»Max, willst du nicht auspacken? Was machst du denn da?«, fragte seine Mutter und musterte ihn unsicher.

Nun setzte Max sein schönstes Lächeln auf und schlüpfte vorsichtig aus seinem Pullover.

»Was hast du denn vor?«, lachte sein Vater, der erstaunt die große weiße Schleife betrachtete, die sich sein Sohn kunstvoll um seinen Oberkörper gebunden hatte und die unter dem Pullover zum Vorschein kam.

»Mama, ich habe lange überlegt, was ich dir heuer schenke. Ich wollte dir etwas schenken, was süß ist, weil du doch Süßigkeiten so gern magst. Und ich wollte dir etwas schenken, was auch mal zornig werden und dich beschützen kann. Dann wollte ich dir aber lieber etwas geben, über das du lachen kannst. Aber was ich dir auch schenken wollte, ist etwas, das mit dir kuschelt. Deshalb, Mama, schenke ich dir alles in einem – ich schenke dir mich selbst!«

Still schlich der Mutter da eine Träne über das lächelnde Gesicht, und sie nahm das schönste Geschenk, das sie jemals bekommen hatte, glücklich in ihre Arme.

Kindergedanken

Mein Onkel geht als Nikolaus.
Die Mama kommt als Christkind.
Der Opa ist der Osterhas.
Ja glaubts ihr, dass wir blöd sind?!?

Guter, lieber Nikolaus

Der Nikolaus bin ich, so werd ich gnannt.
Ein jeder kennt mich, bin im Land bekannt!
Warst du brav, du lieber Schlingl?
Warst du frech, hörst d' Krampus-Klingl?!?
An großen Sack hat der dabei,
wenn er dich packt, steckt er dich 'nei!
Dann kannst weinen und frech schimpfa,
er werd lacha und d' Nasn rümpfa!
Doch wennst nett warst d' ganze Zeit
und gholfen hast die andern Leut,
dann schau ich in mein' großen Sack,
hab was dabei, was jeder mag:
a weng was Süßs und was zum Spieln,
a wengerl Obst, a neue Brilln,
und Fröhlichkeit, des is doch klar.
Genieß die Zeit, 's ist wunderbar!

Geschwisterliebe

Meine Schwester hat mir einen Tag vor Heilig Abend verraten, welche Geschenke ich zu Weihnachten bekommen würde. Sie hatte sie unten im Keller in einem alten Kleiderschrank gefunden. Ohne jeglichen Skrupel hatte sie absichtlich danach gesucht. Ich hätte diesen Schrank niemals geöffnet, weil dort überall Spinnweben herumhängen und eine dicke Staubschicht auf den Türen und Griffen liegt. Menschen, die diesen Schrank öffnen, sind unnormal, sehr seltsam und wirklich komisch. Von meiner Schwester wusste ich dies, dass das Christkind aber auch dazugehört, finde ich nicht gut. Aber es muss ja den Schrank geöffnet haben, um die Geschenke hineinzustellen.

Aber genug davon, es geht eigentlich um meine Schwester. Sie hat mir meine Weihnachtsgeschenke verraten. Sie hat mir meine Weihnachtsüberraschung genommen. Sie hatte sich damit ein schreckliches Weihnachtsfest verdient.

Am Morgen des Heiligen Abend saß ich fröhlich am Küchentisch. Plötzlich hörte ich ein lautes Schreien aus dem Zimmer meiner Schwester. Meine Mutter stürmte sofort und aus meiner Sicht völlig übertrieben hastig dorthin. Ich folgte.

»Was ist passiert?«, fragte sie.

»Mein Bett ist völlig nass!«, schrie meine Schwester.

Meine Mutter lächelte sie an und sagte verständnisvoll: »Das kann doch mal passieren, Kleines.«

»Genau! Vielleicht bringt dir das Christkind Windeln«, ergänzte ich ebenfalls verständnisvoll. Meine Schwester fand dies nicht sehr lustig.

»Aber das war ich doch nicht!«, protestierte sie und erntete dafür nur ein äußerst gnädiges Nicken meiner Mutter.

Kaum war meine Schwester beim Zähneputzen, begann sie schon wieder unsere weihnachtliche Ruhe durch lautes Geschrei zu stören.

Wiederum stürmte meine Mutter zu ihr, mit mir im Schlepptau.

Weinend starrte meine Schwester in den Spiegel: »Meine Zähne!«

»Was ist mit deinen Zähnen?«, fragte Mutter.

»Sieh doch!!!«

Da zeigte meine Schwester uns ihre Zähne in voller Pracht. Sie waren blau.

»Wie hast du denn das gemacht?«, wollte meine Mutter natürlich wissen.

»Ich?!?«, schrie meine Schwester völlig übertrieben hysterisch. »Das war in der Zahnpasta!«

»Komisch«, antwortete meine Mutter. »Spül doch noch mal kräftig aus.«

Das half allerdings nicht wirklich, und so musste meine Schwester mit blauen Zähnen herumlaufen. Das machte aber eigentlich gar nichts. Denn hässlich war sie davor auch schon.

Die nächste Stunde war eigentlich relativ ruhig. Bis wir mit dem Christbaumbehängen angefangen haben. Plötzlich schrie meine Schwester erneut. Dieses Mal kam mein Vater schnell zu ihr.

»Was ist denn?«, fragte er.

»Ich, ich, ich krieg die Kugel nicht mehr von den Fingern«, stöhnte sie und wirkte fast so, als wolle sie wegen dieser Kleinigkeit zu weinen anfangen.

Offensichtlich hatte meine Schwester es doch tatsächlich geschafft, ihre Finger unlöslich an eine Christbaumkugel zu heften. Mein Vater zerrte daran. Die Kugel bewegte sich nicht.

»Sieht nach Sekundenkleber aus«, stellte er fachmännisch fest. Meine Schwester biss böse ihre Zähne aufeinander. Sah irgendwie komisch aus, so viele blaue Zähne. Na ja, auf jeden Fall bekamen wir die Kugel nicht weg, weshalb mein Vater mit einem kleinen Hämmerchen das runde Ding zertrümmerte. Aber der Klebstoff und kleinere Glasüberreste blieben trotz intensivem Schrubben den ganzen Tag an den Fingern meiner Schwester.

Nun hoffte ich, dass endlich die weihnachtliche Ruhe einkehren konnte. Doch weit gefehlt. Kurz darauf schrie diese dumme Kuh schon wieder. Und das nur, weil sie sich an einem kleinen Kieselstein, der zufällig in ihren Christstollen gekommen war, ein Stück ihres linken Schneidezahns abgebissen hatte. Ich verstehe nicht, warum sie da so einen Aufstand machte, schließlich war der Zahn ja eh blau und damit hässlich. Und es sind ja noch nicht mal die zweiten Zähne, sondern nur die Milchzähne.

Na ja, irgendwie war diese Vielzahl an Zufälligkeiten schon seltsam. Typisch meine Schwester war allerdings, wie sie drauf reagiert hat. Sie hat geweint, sie hat geschrien. Ich würde sagen, eigentlich wegen gar nichts.

Und dann war auch der Zeitpunkt gekommen, an dem diese Zufälligkeiten aufhören konnten. Denn ich war glücklich, weil die weihnachtliche Pechsträhne meiner Schwester die misslungene

Weihnachtsgeschenküberraschung mehr als genug ausgeglichen hat. Deswegen bin ich dann über meinen Schatten gesprungen und habe meine kleine, etwas zerzaust aussehende Schwester in den Arm genommen und habe sie fest gedrückt.

»Du Blödmann«, flüsterte sie mir ins Ohr.

»Quitt?«, fragte ich leise zurück.

»Aber nur weil gleich das Christkind kommt«, antwortete sie.

»Das Christkind mit den vielen tollen Überraschungsgeschenken für dich«, sagte ich, und wir grinsten uns an.

Endlich konnte es Weihnachten werden!

(Und die Moral von der Geschichte: Eine Gießkanne voll Wasser, eine Flasche blaue Farbe, eine Tube Sekundenkleber und ein nahe gelegener Steinhaufen können jede weihnachtliche Enttäuschung wiedergutmachen!)

Mein Vater hat mit mir an Brauch

Mein Vater hat mit mir an Brauch,
den kennt a jeder Bayer auch.
Vorm Heilign Abend wart' ma drauf,
dass' dunkel wird bei uns im Gäu.
Dann schlupf' ma gschwind in d' Jackn 'nei,
d' Säg holn mir aus dem Keller rauf,
aa 's Taschenmesser klapp ma auf.

Daheim habn mir uns kurz versteckt,
schon stapf' ma still und leise weg,
damit uns d' Muatter net entdeckt,
weil s' sonst sich gleich viel z' stark aufregt.
Mein Vater sagt: »Es hat koan Zweck.
A Frau hat halt koan Sinn fürn Brauch.«
Und dieser Meinung bin ich auch.

Der Weg zu unserm Weihnachtsbrauch
geht 'nei in' Wald durch Baum und Strauch.
Im Schlaf könnt ich den heut noch gehn;
seit ich ganz kloa noch gwesen bin,
geh ich mit'm Vater schon dorthin.
Viel Schönes kann ma dort stehn sehn.
An Hauch vom Brauch spürt ma da wehn.

Derweil spaziern mir in den Wald,
da steht er vor uns grün und besser
als letztes Jahr. Zück Säg und Messer!
Nun hört nur, wie es friedlich schallt:
»O Tannenbaum, er fallt, er fallt.«

Der Baum fällt um, im Wald bleibt's stumm.
Wir wickeln Stoff ums Bäumerl rum,
denn schließlich soll nicht jeder sehn,
dass wir an Christbaum klauen gehn.
»So hab's ich mit mei'm Pap schon gmacht«,
des sagt mein Vater leis und lacht.

Wir schleichen uns beim Wald hinaus,
sehn schemenhaft schon unser Haus.
A Licht geht an.
A Mann springt ran.
A grünes Auto, blaues Licht –
ach, weihnachtlich is des wohl nicht.
Er schreit laut: »Polizei!« und »Stopp!«
Da habn ma gwusst: Des war a Flop.

Drum lassts euch sagn, ihr lieben Leut,
und denkts dran in der staaden Zeit:
A schöner Brauch, egal wie alt,
schützt nicht vor staatlicher Gewalt.

Wenn ’s Kaminfeuer brennt

Wenn ’s Kaminfeuer brennt
und der Christbaum fein riacht,
wenn koaner mehr rennt
und sich hinter die Akten verkriacht,
wenn Schneeflöckerl schwebn
und d’ Stern’ funkeln wia Goid,
wenn’s ruhig wird, des Lebn,
Und ’s Christkind kommt boid –

Nimm i di zärtlich in d’ Arm’
und druck di fest an mi.
Auf einmal is’ warm.
I liab fei’ nur di’.
I kann’s net beschreibn,
was i dabei gspür.
Nur eins tuat mi’ treibn:
Bleib immer bei mir.

Besinnliche Weihnachtsfeier

»Der Schweinsbraten, der war heuer aber wieder ganz schön fett,«, rief ich der Wirtin nach, als sie die Teller vom Tisch räumte, » da musst schon noch ein paar Obstler reinstellen, damit ich das alles verdauen kann!«

Die Leute um mich herum lachten und warteten gespannt auf die Reaktion der Wirtin, ob sie vielleicht für jeden einen Schnaps bringen würde. Natürlich ließ sie sich da nicht zweimal bitten, spendierte für alle am Tisch eine Runde, und wir spülten genüsslich den Vorweihnachtsbraten in hochprozentigem Wohlgefallen hinunter. Schließlich brauchten alle einen guten Magen, sonst fühlt sich der ganze Glühwein im Bauch nicht wohl.

Während wir uns noch mit dem dritten Nachspeisenglühwein und den Plätzchen herumquälten, trat der Huber-Georg, der Erste Vorstand unseres Fußballclubs, heraus und sagte, dass nun der besinnliche Teil des Abends komme.

Das Aufstöhnen in der Runde spiegelte auch gut meine Laune wieder, da wir alle schließlich gerade so gemütlich saßen und uns unterhielten und uns eigentlich von solchem weihnachtlichen Käse nicht die Stimmung verderben lassen wollten.

Doch der Georg ließ sich nicht abbringen und meinte: »Bevor wir nun beginnen, würde ich sagen, erheben wir alle unsere Glühweintassen und stoßen auf Weihnachten an.«

Wir folgten gerne seiner Aufforderung, aber wir folgten nicht mehr den lästigen Geschichten von glücklichen kleinen Kindern am Weihnachtsabend, von armen alten Frauen, die ihr Glück am 24. Dezember fanden, und erst recht nicht von dem behinderten Jungen, dessen sehnlichster Wunsch es war, einmal das Christkind zu treffen.

Die Lieder waren da schon erheblich amüsanter, schließlich konnte man die wenigstens fröhlich umgestalten. So grölte mein Tisch statt »O Tannenbaum, wie grün sind deine Blätter« aus tiefstem Herzen »O Heiliger Sebastian, heut richtst uns wieder sauber z'samm« oder statt »Leise rieselt der Schnee« »Leise bieselt das Reh, in den Starnbergersee«.

Das hat die langweilige Stimmung doch gleich wieder ein wenig aufgelockert. Und ehe man sich versah, konnte der Georg auch schon verkünden, dass wir nun noch einmal die Tassen auf Weihnachten erheben sollten und dass danach der besinnliche Teil vorüber sei. Wiederum ging ein Aufstöhnen durch die Reihen, doch diesmal aus Freude über den nun folgenden ungestört gemütlichen Abend.

Als ich dann gegen 2.15 Uhr ziemlich betrunken zur Tür wankte, um nach Hause zu gehen, rief ich dem Georg als Abschiedsgruß zu: »Eine schöne Weihnachtsfeier war's wieder, Georg, aber nächstes Jahr tust nicht mehr so viel Schmarrn vorlesen, gell!«

Georg hörte es nicht mehr. Er war betrunken auf dem Tisch eingeschlafen und träumte wohl von den glücklichen Kindelein am Weihnachtsabend.

Die Weihnachtsfeier

Zur Weihnachtsfeier im Verein
da trudeln d' Freibiergsichter ein.
Is auch des Weihnachtszeug a Qual,
a Spaß und Rausch wird's allemal.

Da steht er vorn, der Präsident,
schöner Anzug, neues Hemd,
hingeschleckt des dunkle Haar.
Nun beginnt's wia jedes Jahr.

Die Mayer-Jo, des fesche Mädel,
spielt auf der Flöte zart und edel.
Mir habn zwar des Dirndl gern,
doch des Geblas mag koaner hörn.

Der Schmidt-Ernst tritt erhaben raus,
packt die Weihnachtsgschichte aus.
Er stottert und verliest sich oft –
des bringt a Gaudi, wia erhofft.

Dann kommt der Fischer-Dreigesang
mit'm Hirtenstück aus Ofterschwang.
Singen kann ma's wohl net nennen,
eher a Hilf zum Außirennen.

Denn außirennen muaß scho' sei',
schließlich schütt' ma schön was 'nei.
Und wenn aa mal die Leber zuckt,
des Freibier wird scho' einidruckt.

Am End, da kommt noch a Gedicht,
auch des Gesülz vertragn mir nicht.
Is doch des Glall von Fried und Freud
des Nervigste der Weihnachtszeit.

Doch nun geschieht uns großes Heil:
Vorbei ist der besinnlich Teil.
Mir zapfn 's neue Fassl o,
jetzt sind ma alle staad und froh.

A Idee kommt uns in' Sinn,
dass ich noch net drauf kommen bin:
Warum macht ma d' Weihnachtsfeier
net im Sommer an am Weiher?
Saufen macht dann viel mehr Freud
ohne den Schmarrn der Weihnachtszeit.

Genüssliche Weihnachtsruh

A fette Gans und literweis
Glühwein, Punsch und Himbeereis,
Lebkuchen, Plätzchen und auch Nüsse,
Umarmung, liebevolle Küsse.

Fünf Kilo mehr nach nur drei Tagen,
denkt man doch nun: Es platzt der Magen.
Keiner bringt mehr d' Hosn zu,
gesegnet seist du, Weihnachtsruh!

Die Versuchung – Ein Weihnachtsmärchen

(Geschichte aus dem Rockmusical »Der Gutmensch« von Hans-Peter Schneider, Michael Simon und Dominik Kögler)

Es war einmal ein junger, schöner Hengst mit Namen Hroki. Er gehörte dem Bauern Eldorad, der das Pferd unter ärmlichen Bedingungen aufzog und ihm unendlich viel Liebe und Pflege schenkte. Der Hengst träumte davon, dass er einmal, wenn er ausgewachsen wäre, mit dem Bauern die Äcker pflügen könnte, besser als es je zuvor ein Pferd getan hatte.

Als es Weihnachten wurde, forderte der hochmütige König des kleinen Landes wie jedes Jahr von seinen Untertanen eine Gabe. Von Eldorad verlangte er dessen schönstes Pferd.

Der arme Bauer sagte: »Mein König, ich habe ein wunderschönes Pferd, ich liebe es mehr als alles andere auf der Welt. Wenn ihr mir das entreißt, will ich nicht mehr weiterleben.«

Da der König ihm das Pferd nicht mit Gewalt wegnehmen wollte, schlug er Eldorad eine Wette vor und sagte: »Lass uns beide dem Hengst unseren eigenen Hafer anbieten. Wem das Ross aus der Hand frisst, der soll sein Eigentümer sein.«

Eldorad ließ sich auf diese Wette ein, weil er wusste, dass dies seine einzige Chance war, den König zufriedenzustellen. Doch der Bauer war sich auch sicher, dass sich Hroki für ihn entscheiden würde. Am Ersten Weihnachtstag stellten sich der

König und Eldorad vor dem Stallgatter auf. Sie hatten ihre Hände voll Hafer, der eine mit den besten Körnern, die im Land aufzutreiben waren, der andere mit den schlechten eines armen Bauern. Ein Diener des Königs öffnete das Tor, und der Hengst trabte auf Eldorad zu, dessen freundliche Stimme ihm vertraut war. Als er aber näher kam und den Duft des guten Hafers in der Hand des Königs roch, blieb Hroki stehen. Er begann zu zweifeln.

Der Hengst stand zwischen den beiden Männern. Beide hielten Hafer in ihren Händen. Doch der Duft des königlichen Getreides hatte für ihn etwas Neuartiges an sich. Der Hengst roch eine andere Welt, die ihm der Bauer niemals würde bieten können. Er roch eine bessere Zukunft, als er sie sich jemals erträumen hätte können. Nach langem Zögern wandte sich Hroki von Eldorad ab und fraß dem hochmütigen König aus der Hand.

So schenkte Eldorad am Ersten Weihnachtstag sein Pferd, wie versprochen, dem König. Da er Hroki aber über alles liebte, weinte er bittere Tränen und zog sich mit gebrochenem Herzen zurück. Eldorad verfluchte die Stunde, in der er sich auf diese grausame Wette eingelassen hatte, doch es war zu spät.

Der König nahm das Pferd mit auf sein Schloss, ließ es mit goldseidenem Zaumzeug und Purpurdecken behängen und nur noch mit dem besten Hafer des Landes füttern. Er ritt auf dem Hengst durch sein Land. Überall bestaunten die Menschen das stolze Pferd. Schließlich hatten sie noch nie in ihrem Leben ein vergleichbar schönes Tier und so prächtiges Zaumzeug gesehen.

Als Hroki bemerkte, wie sehr ihn alle bewunderten, dachte er bei sich: »Das ist das, was ich doch immer wollte: den Menschen eine Freude machen.«

Der stolze Hengst dachte wirklich, dass er selbst den Menschen eine Freude mache. Doch nach und nach wurde ihm bewusst, dass das Volk nicht ihn bestaunte, sondern sein prächtiges Äußeres. Auch der König interessierte sich nicht für ihn. Er wollte das reich geschmückte Pferd lediglich seinem Volk präsentieren und mit ihm prahlen.

Allmählich schmeckte Hroki der gute Hafer nicht mehr, und er sehnte sich nach der Fürsorge im Stall des armen Bauern. Der Hengst dachte daran, wie sehr er früher davon geträumt hatte, als fleißiges Ackerpferd den Menschen eine Freude zu bereiten. Er erkannte immer mehr, dass es nicht Freude war, die die Menschen empfanden, wenn sie ihn bestaunten, sondern Neid.

Als die Jugend allmählich aus Hrokis Gliedern wich und seine Schönheit nachließ, wurde der Hengst dem König lästig. Deshalb kaufte dieser sich bei einem Pferdehändler ein jüngeres, noch schöneres Ross, ließ den alten Hengst von seinen Knechten nur noch mit schlechtem Futter versorgen und sah gleichgültig mit an, wie das einst so stolze Pferd körperlich immer mehr verfiel.

Als das Weihnachtsfest näher kam, sehnte sich Hroki zurück nach dem Hafer am Hof des armen Bauern. Während am Heiligen Abend alle Diener und Bauern beim Weihnachtsmahl saßen, bot sich ihm die Gelegenheit, aus seinem Stall auszubrechen. Er galoppierte Hunderte von Kilometern zum Hof

Eldorads. Beim Anblick des verschneiten Anwesens, ging Hroki das Herz auf, er dachte an seine Jugend und die vielen glücklichen Stunden. Sein Wunsch war es nun, gemeinsam mit dem armen Bauern bis an sein Lebensende die Äcker zu pflügen und für gutes Getreide zu sorgen – und … gemeinsam das Weihnachtsfest zu feiern. Langsam trabte er durch den tiefen Schnee an das Haus des Bauern heran. Überall Stille. Kein Licht. Kein Mensch. Was war passiert? War Eldorad tot?

Da sah er einen spärlichen Lichtschein durch einen Spalt des Stalltores blitzen. Der Hengst trabte mit hämmerndem Herzen darauf zu. Mit seiner Nase versuchte er, das Tor aufzuschieben. Doch vergeblich. Gerade wollte das Pferd sich wieder zum Haus wenden, als von innen jemand das Stalltor aufschob.

»Hroki!«, rief Eldorad, der völlig fassungslos im Tor stand, »mein lieber Hroki! Endlich daheim!«

Der Kopf des Hengstes senkte sich vor Eldorad reumütig tief zu Boden.

Doch der Bauer ging überglücklich auf den Hengst zu, nahm dessen Kopf in seine Hände und drückte ihn, so fest er konnte. »Keine Sorge, Hroki! Ich liebe dich wie eh und je. Seitdem du weg bist, habe ich jedes Jahr am Ersten Weihnachtstag zur Erinnerung an dich im Stall das Weihnachtsfest gefeiert. Und heute, nach so vielen Jahren, kann ich es endlich wieder mit dir feiern.«

Da gingen die beiden in den Stall, ließen sich auf dem weichen Stroh nieder und erlebten gemeinsam in dieser ärmlichen Umgebung das schönste Weihnachtsfest, das ihnen jemals vergönnt war.

Weihnachtsfragen

Wer kann das Wunder erklären,
das mit den Menschen geschieht?
Wer kann sich dem Frieden verwehren,
den man in allen Winkeln sieht?

Warum herrscht überall das Glück,
nirgends ein lautes Wort?
Warum fahren alle nach Hause zurück,
und keiner bleibt gerne fort?

Weshalb ist das Leid heut verschwunden
oder zumindest nicht so schwer?
Weshalb wird der Streit überwunden
und quält die Herzen nicht mehr?

Was mit den Menschen geschieht?
Erklären kann ich es nicht.
Wo man Christus denn sieht?
Im Herz, im Wort, im Licht.

Die Werkbank

Jedes Jahr kommt Weihnachten. – Was? Sie denken, das hätten Sie selbst auch gewusst! Ja, das denke ich auch, aber lassen Sie mich doch meinen Gedanken zu Ende führen: – und jedes Jahr kommen unvermeidlich auch die Weihnachtsgeschenke. Jedes Jahr aufs Neue bringt es die allergrößte Freude für alle Eltern, Onkel, Tanten, Großeltern, Freunde und Bekannten, wenn die Geschenkesucherei endlich wieder vorbei ist.

»Früher war alles einfacher, da hat's nicht so viel gegeben«, hat meine Mutter oft gesagt, und ich habe sie immer dafür ausgelacht. Einfacher! Früher?!? Da hatte man noch keine großen Spielwarenläden mit vier Stockwerken, die Regale bis zum Rand gefüllt mit den herrlichsten Dingen, alles nach Altersstufen gegliedert, damit jeder leicht den Überblick behält. Einfacheres und schöneres Einkaufen gibt es doch nicht. Wie gesagt, ich habe sie dafür ausgelacht, aber das heißt nicht, dass ich auch heute noch darüber lachen würde. Denn jetzt habe ich selber einige Nichten und Neffen. Für meinen Lieblingsneffen wollte ich letzten Dezember eine ganz normale, kleine, kindgerechte Werkbank kaufen, wie ich sie selbst mit drei Jahren hatte. Und so fuhr ich zum Münchner Stachus und ging in ein riesiges Spielwarengeschäft.

Ich war noch kaum durch die Flügeltüre eingetreten, da prasselte es schon von allen Seiten auf meine Augen und Ohren ein: Figuren, Melodien und ich weiß gar nicht, was noch alles an Eindrücken aller Art. Ich sah Puppen, die einen Puppenkinderwagen schoben, Playmobil-Piraten, die Playmobil-Engländer überfielen, Harry-Potter-Figuren, die alle gleichzeitig von einer riesigen Schlange gefressen wurden, Teddybären in Clownkostümen und in Cowboykostümen und in Miniröcken und in Rockerkleidung. Dazu erklangen eine Technoversion von ›Stille Nacht‹ – natürlich auf Englisch – und gleichzeitig aus einem anderen Lautsprecher der Nummer-eins-Hit von Gangsterrapper DD Cool und, und, und …

Hatte ich bereits erwähnt, dass ich noch nicht mal richtig im Geschäft drin war? Trotz dieser Masse von wunderschönen Spielsachen, die mich quasi zu erdrücken drohte, kämpfte ich mich schließlich in den zweiten Stock vor. Endlich war ich in der Jungenabteilung, der Ausbildungsstätte für die zukünftige Männergeneration. Denn alles, was echte Jungen brauchen, sind Miniautos, Spielwerkzeuge und Spritzpistolen.

Nach einer Stunde hatte ich zumindest das Spielwerkzeug gefunden. Ich hatte es zunächst hinter den Lerncomputern und Mini-Stereoanlagen gesucht. Ja, ich weiß, ich kam dann selbst darauf, dass ich doch wohl eher hinter den ferngesteuerten Robotern und den DVD-Playern hätte suchen sollen. Aber leider war dort kein einziges Produkt zu finden, das sich, jedenfalls meiner Meinung nach, für heranwachsende echte Männer geeignet hätte. Schließlich versuchte ich mein Glück noch hinter Playstation und X-Box, hinter Gameboy-Spielen und PC-Games, hinter Büchern – äh, Entschuldigung, ich meine natürlich E-Books – und einem kleinen Troll, der den Kindern anstelle der Eltern eine Gutenachtgeschichte vorliest (jetzt können die Kinder endlich ab drei Jahren alleine ins Bett gehen, und die lästige Geschichtenvorleserei oder Singerei hat sich erledigt, weil sie sich dann per Knopfdruck das Gutenachtprogramm selbst auswählen können).

Doch, man glaubt es kaum, endlich fand ich in einer Ecke hinter selbstfahrenden Fahrrädern und Kinderautos (zu meiner Enttäuschung gab es nur lächerliche Mittelklassewagen und nicht die richtig guten und großen! In so was soll dann unsere Jugend mitfahren, wo kommen wir denn da hin?) das lang ersehnte Regal mit Werkbänken.

Das Spielzeug war im höchsten Grade übersichtlich angeordnet. Unterste Regalreihe links: Werkbänke für Kinder von einem halben bis einem Jahr. Unterste Regalreihe rechts: für Kinder von eineinhalb bis zwei. Zweite Regalreihe von unten: für Kinder im Zwischenalter von eindreiviertel und zweieinviertel, und so weiter und so fort.

Zum Glück hatte ich das genaue Alter meines Neffen im Kopf, er wäre am Heiligen Abend genau zwei Jahre, neun Monate und 23 Tage. Nun konnte ich meine Auswahl schon auf fünf Regalreihen beschränken: vierte Reihe links für Kinder von zweieinhalb bis drei, fünfte Reihe Mitte von zweidreiviertel bis dreidreiviertel, fünfte Reihe rechts nur für Dreijährige, ganze achte Reihe die Erweiterungssortimente von zweieinhalb bis zum zehnten Lebensjahr und in der obersten Reihe Werkbänke, die durch einen Hightech-Beamermechanismus in jedem Raum eine virtuelle Werkstatt in 3-D erschaffen können und für jedes Alter programmierbar sind.

Ich blickte verzweifelt durch die Regalreihen: Was nehme ich nur? Blaue Arbeitsfläche, gelben Hammer, gleichfarbige Werkzeughaken? Oder grünen Arbeitstisch mit roten Füßen und rosafarbener Bohrmaschine? Oder violette Arbeitsfläche – meine Freundin hatte gesagt, violett sei heuer in – mit hellblauem Zangenset und größenverstellbarer Plastiksäge? Oder doch die Komplettausstattung Elektrowerkzeug mit Motorsäge in Originalgröße, die man ohne Probleme mit der orangefarbenen Werkbank als Zusatzausstattung kombinieren kann? Oder doch vielleicht die virtuelle Werkstatt, oder doch die blaue Arbeitsfläche, oder ...

Besser, ich schaue einfach mal, ob ich meine alte Kinder-Werkbank noch auf dem Speicher habe.

Der Wunschzettel vom Christkind

Liebe Kinder,
lange habe ich mir überlegt, was ich mir heuer von Euch wünschen soll. Sehr viele Wünsche sind mir eingefallen, und deswegen kann ich Euch nur die wichtigsten schicken. Es würde mir genügen, wenn ihr mir zumindest ein paar von diesen erfüllen könntet:

Ich wünsche mir Kinder, die noch Kinder sind.

Ich wünsche mir Kinder, die noch miteinander spielen.

Ich wünsche mir Kinder, die sich streiten und vertragen.

Ich wünsche mir Kinder, die auf Freunde Rücksicht nehmen.

Ich wünsche mir Kinder, die fremden Kindern ein Lächeln schenken.

Ich wünsche mir Kinder, die nicht jeden Wunsch erfüllt bekommen.

Ich wünsche mir Kinder, die Danke sagen können.

Ich wünsche mir Kinder, die lachen und weinen.

Ich wünsche mir Kinder, die wissen, was Weihnachten bedeutet.

Ich wünsche mir Kinder, die noch ein Strahlen in den Augen haben.

Ich wünsche mir Kinder, die noch Kinder sein wollen.

Und: Ich wünsche mir Kinder, die noch Kinder sein dürfen.

Einen Abdruck dieses Wunschzettels habe ich an Eure Eltern geschrieben. Vielleicht können sie Euch ja dabei helfen.

Schon im Voraus ein herzliches Dankeschön! Ein fröhliches Weihnachtsfest wünscht Euch

Euer Christkind

Die kleine Liesl

Liesl saß gerade auf dem Bett in ihrem Kinderzimmer und kämmte sich ihre langen blonden Haare. Gedankenverloren blickte sie dabei in den Spiegel, als es ihr plötzlich schien, als würden ihre Sommersprossen beginnen zu leuchten. »Komisch«, murmelte sie vor sich hin und dachte sich weiter nichts dabei.

Als sie die Stufen hinunter in die Küche ging, hörte sie ihre Mutter laut Weihnachtslieder pfeifen und summen. Das machte ihre Mama immer so, wenn sie Plätzchen backte, und Liesl fand es stets lustig, auch wenn Musikalität nicht wirklich zu Mutters Stärken gehörte.

»Setz dich, Liesl!«, befahl die Mutter mit einem fröhlichen Lächeln. »Du darfst heute drei neue Plätzchenteig-Variationen testen.«

Mmmmh, das war Liesls Lieblingsaufgabe in der Adventszeit – Teigtesterin! Endlich so viele ungesunde Süßigkeiten in sich hineinschieben wie nur möglich.

»Mama, weißt du, was gerade beim Haarekämmen passiert ist?«, fragte Liesl, woraufhin ihre Mutter den Kopf schüttelte. »Es hat so ausgesehen, als würden meine Sommersprossen leuchten.«

»Nein, wirklich? Leuchtende Sommersprossen?«, fragte die Mutter eher belustigt als interessiert. »Ts, ts, ts, Sachen gibt's!«

Je mehr Liesl allerdings darüber nachdachte, desto seltsamer kam ihr die Sache vor. Langsam ging sie in die Stube, wo der Christbaum seit gestern bereits in voller Pracht erstrahlte. »Wegen mir könnten wir den

Christbaum schon am Beginn der Adventszeit aufstellen und nicht immer erst zwei Tage vor Heiligabend«, hatte Liesl gestern ihrem Vater gesagt.

»Mei, Liesl, des habn mir halt immer so gemacht«, hatte dieser geantwortet und sich beim Befestigen der 250 Minilichter nicht weiter stören lassen.

Dieses Mal war das Mädchen allein in der Stube, setzte sich unter den Christbaum und schaute sich die glänzenden Kugeln an. Eine davon war besonders herrlich. Sie war offenbar aus vielen kleinen Glasdiamanten zusammengesetzt, die, wenn man im richtigen Winkel hinschaute, ein Spiegelbild erscheinen ließen.

Da! Schon wieder! Dieses Mal hatte Liesl es ganz deutlich in der Spiegelung der Kugel gesehen: Ihre Sommersprossen funkelten. Sofort griff sie sich an die Nase und betastete sie. Nichts Ungewöhnliches!

Langsam bekam sie ein mulmiges Gefühl und blickte sich unsicher um.

»Näschen Sternenstaub!«

Was war das?!? Eine Stimme?!? Aber woher? Liesl bewegte sich nicht, ihr Puls raste.

»I… i… Ist da je… je… jemand?«, fragte sie stotternd.

»Ja, ich bin hier, Näschen Sternenstaub, das Christkind!«

»D… d… Das C… Chr… Christkind gibt's doch gar nicht«, stotterte das Mädchen heraus.

»Oh doch, du hörst doch, dass es mich gibt. Du musst keine Angst haben.«

Oh Gott! Angst war jetzt Liesls geringstes Problem. Sie blickte an sich hinunter. Ihr ganzer Körper schien nun zu funkeln und glitzern. »Hilfe! Ich muss Hilfe holen«, schoss es ihr in den Sinn. Aber ihre Kehle schien wie zugeschnürt, und kein Hilfeschrei verließ ihren Mund.

»Ich will dir etwas Wunderschönes zeigen«, sagte die Stimme des Christkinds. »Hast du Lust?«

»Hmm, weiß nicht«, antwortete Liesl, unsicher, was sie von dem Ganzen halten sollte.

»Ach komm schon, das wird lustig«, sprach das Christkind.

Noch bevor Liesl sich entscheiden konnte, fühlte sie sich auf einmal schwerelos und schwebte einige Zentimeter über dem Boden.

»Halt! Stopp! Hilfe!« Wiederum schossen ihr panische Gedanken in den Kopf, wiederum brachte sie keinen Laut über die Lippen.

»Na, dann wollen wir mal«, jubelte die Stimme. Das Stubenfenster öffnete sich wie von Geisterhand, und das verängstigte Mädchen flog langsam darauf zu.

Plötzlich erschien im Fenster ein helles Licht, heller als die Sonne, aber überhaupt nicht schmerzhaft für die Augen, wenn man hineinsah. Aus diesem Licht schwebte langsam ein kleines Kind mit blondgelockten Haaren und einem strahlenden Lächeln. Schlagartig wich die Angst aus Liesls Gesicht. Sie fühlte ein unbeschreibliches Glücksgefühl und spürte eine wohlige Wärme, als wenn man sich in die weichste Daunendecke einhüllt.

»Bist du es wirklich?«, fragte Liesl.

»Und ob!«, antwortete das Christkind. »Und jetzt komm, ich möchte dir etwas zeigen.«

Die beiden flogen Hand in Hand über die Häuser des kleinen Dorfes. Sie sahen rauchende Kamine und hell erleuchtete Fenster. Überall lag der Duft von weihnachtlichen Köstlichkeiten in der Luft. Liesl schloss ihre Augen und versuchte diese Weihnachtsluft mit jeder Pore ihres Körpers aufzunehmen und einzuatmen. Wie friedlich doch alles war. Wie freundlich die Welt zur Weihnachtszeit doch ist. Wie wundervoll der Weihnachtslichterglanz die Straßen erleuchtet.

»Wir sind fast da«, sagte das Christkind plötzlich und riss damit Liesl aus ihren Träumereien. Für einen kurzen Augenblick hatte das Mädchen alles um sich herum vergessen.

»Was willst du mir zeigen?«, fragte es nun.

»Gleich wirst du es sehen.«

Sie landeten wie auf Watte mitten auf einer einsamen, verschneiten Waldlichtung, die nicht weit vom Dorf entfernt war.

»Pssssst!«, machte das Christkind und hielt sich den Finger vor den Mund.

Leise, ganz leise stapften die beiden hinein in den dunklen Wald. Doch verspürte Liesl nicht die geringste Angst, im Gegenteil, das wohlige Gefühl im Glanz des Christkinds schien sich sogar noch zu verstärken.

»Da vorne ist es! Siehst du es schon?«

»Nein«, flüsterte das Mädchen aufgeregt und voller Vorfreude.

Sie gingen noch wenige Schritte, da erblickte Liesl es. Eine Hirschkuh saß, umringt von ihren Jungen, unter einem großen Tannenbaum. Daneben saßen

Hasen, Füchse, Wildschweine und sogar kleine Eichhörnchen.

»Auch die Tiere des Waldes feiern Weihnachten«, sprach das Christkind. In diesem Augenblick fing die Tanne, unter der sich die Waldbewohner versammelt hatten, an zu leuchten und zu funkeln.

»Oh, das ist so wunderschön!«, flüsterte Liesl leise. Sie ging näher auf die Tiere zu, die sie längst erblickt hatten, jedoch nicht die geringste Angst zu haben schienen. Schon hatte sie den Kreis der Tiere erreicht und stand neben der Hirschkuh.

»Setz dich doch zu ihnen!«, sagte das Christkind. »Hier ist jeder willkommen. Unfriede gibt es nicht, wenn die Menschen nicht da sind.«

Langsam setzte sich Liesl in den Schnee auf dem Waldboden und rückte ganz nah an die Hirschkuh heran. Diese schien sich ihrerseits auf das Mädchen zuzubewegen. Liesl streichelte zart mit ihrer Hand über deren weiches, dichtes Fell. Alle anderen Tiere rückten nun näher an das Menschenkind heran, suchten seine Nähe und ließen sich ihrerseits streicheln. Oh, was war das für ein unbeschreibliches Gefühl! Noch nie hatte das Mädchen so viel Wärme, so viel Wunderbares und so viel Weihnachten gefühlt.

Nach schier unendlichen Augenblicken sprach das Christkind: »Näschen Sternenstaub! Näschen Sternestaub! Wir müssen zurück!«

»Nein, noch nicht! Lass mich noch hierbleiben! Bitte!«

»Das geht nicht!«

»Doch! Das muss gehen! Es ist so schön!«, sagte das Mädchen.

»Liesl! Liesl! Wach doch auf!« Das war nicht die Stimme des Christkinds. »Hey, meine Kleine, bist du eingeschlafen?«

Liesls Mutter stand lächelnd vor dem Mädchen, das gerade auf seinem Bett erwachte. Die rechte Hand hielt den Kamm noch fest, der in ihren Haaren steckte.

»Mama, du glaubst mir nie, wo ich gerade war«, sagte Liesl.

»Das musst du mir unbedingt gleich erzählen«, entgegnete die Mutter. »Aber davor darfst du noch Plätzchenteig probieren, ich habe heute drei verschiedene Sorten gemacht.«

Da lächelte Liesl glücklich. Sie wusste, nun war es Weihnachten.

... wenn ein Lichtlein brennt

Was kann schon geschehen,
wenn ein Lichtlein brennt?
Wohin kann man gehen,
wenn niemand Liebe kennt?

Alles uns gegeben
wurd' in einer Nacht.
War für uns ein Segen.
Was habn wir draus gemacht?

Niemand hier auf Erden
weiß noch, wie es war.
Wird der Glaube sterben?
Ist dann noch Hoffnung da?

Was kann schon geschehen,
wenn ein Lichtlein brennt?
Wohin kann man gehen,
wenn niemand Liebe kennt?

Sagt mal, wisst ihr's noch?

Werden auch die Stunden kürzer,
freuen wir uns doch.
Licht kommt bald in unsre Herzen,
sagt mal, wisst ihr's noch?

Mit dem Glanz des hellen Sternes
nahmen wir es wahr.
Hoffnung trat in unser Leben –
ist sie heut noch da?

Wenig Menschen halten inne
in der staaden Zeit.
Doch ganz leis erklingt die Stimme:
Mensch, mach dich bereit!

Weihnachten in Ursberg

Ich ärgerte mich. Ich ärgerte mich gewaltig. Mein Kompaniechef hatte mir soeben mitgeteilt, dass ich als Bundeswehrbegleitperson mit einer Gruppe von 40 Rekruten der Luftwaffenausbildungskompanie 17 in das Behindertenheim nach Ursberg fahren müsse. Dort sollten wir den Behinderten zu Weihnachten Geschenke überreichen, die aus der Kaffeekasse unserer Kompanie bezahlt worden waren, und ihnen einen schönen Tag bereiten.

Ich war Grundwehrdienstleistender, allerdings schon Obergefreiter, das heißt, ich durfte in der Ausbildungskompanie den Neuankömmlingen während ihrer Grundausbildung Befehle erteilen. Nun empfing ich selbst diesen Befehl, weil ich mich so gut mit Menschen unterhalten könne, wie es der Kompaniechef treffend formulierte. Ja, mit Menschen schon, aber das waren doch Behinderte!

Dieser Befehl bedeutete für mich, eine Stunde früher aufzustehen, erst in der Nacht zurückzukommen, rund fünf Stunden länger unterwegs zu sein als an einem normalen Diensttag. Und alles ohne Bezahlung oder Freizeitausgleich. Vielen Dank auch für diese liebe Geste, dachte ich mir.

Wir fuhren also am 12. Dezember zu diesem Behindertenheim, vielmehr Behindertendorf, wie wir auf der Fahrt dorthin erfuhren. Unser Kompaniechef erzählte uns, dass dort bis zu 2.000 Behinderte leben, angefangen von leicht behinderten Kindern über schwerer behinderte Menschen jeder Altersklasse bis hin zu von Kopf bis Fuß Gelähmten. ›Wahrscheinlich sollen wir die dann auch noch herumtragen!‹ Die Vorstellung widerte mich an, als ich darüber nachdachte.

Nach etwa zwei Stunden Fahrt kamen wir im Behindertendorf an. Ein älterer, von Freundlichkeit geradezu strotzender Mann, Herr Wohlgemut, holte uns vom Bus ab. Er war etwa 70 Jahre alt, hatte einen hässlichen grauen Anzug an und eine Krawatte, die vor vielleicht 40 Jahren der neuesten Mode entsprochen haben mochte. In seinem Schlepptau hatte er ungefähr zehn behinderte Kinder, die sich auf uns stürzten, als hätten sie noch nie ›normale‹ Menschen gesehen.

»Herzlich willkommen bei uns in Ursberg, meine Herren!«, sagte der alte Mann. »Ich denke, es werden viele von Ihnen überrascht sein von diesem Ort, weil es hier wie in einer richtigen kleinen Stadt ist.«

Ich hielt mich gegenüber meinen 40 Rekruten im Hintergrund, so dass ich nicht in die Gefahr kam, von einem der kleinen, sabbernden Wesen berührt zu werden.

›Hoffentlich kommen nicht noch mehr von denen‹, wünschte ich mir insgeheim.

Die vorderen Soldaten bei der Hand nehmend, führten uns die Kinder in ihre Schule. Ja, es war wirklich ein richtiges Dorf. Wir kamen an einer Wirtschaft vorbei, an einem kleinen Lebensmittelladen, an einer Kirche und noch an anderen Einrichtungen, die man für gewöhnlich in ›normalen‹ Dörfern findet. Aber wir begegneten keinen ›normalen‹ Menschen, mit Ausnahme des einen oder anderen Pflegers. Überall nur hinkende, schielende, verkrüppelte Behinderte.

In der Schule angekommen, gingen wir in den ersten Stock, wo in einem größeren Klassenzimmer für uns selbst gebackene Plätzchen und warmer Tee vorbereitet waren. Die Kinder, die wie Kletten an uns gehangen hatten, rissen sich nach und nach von den vorderen Rekruten los und verließen den Raum. Zum Glück!

Als Letzter hinkte ein kleiner blonder Junge aus dem Raum. Sein rechtes Bein war anscheinend gelähmt. Er war, schätze ich, um die zehn Jahre alt, hatte einen ausgewaschenen roten Pulli mit einer kaum mehr erkennbaren Mickymaus darauf an, dazu eine giftgrüne Kordhose. Als ich darüber nachdachte, fiel mir ein, dass das der einzige Junge gewesen war, der nicht einmal ein stotterndes oder verstümmeltes Wort herausgebracht hatte. Während er unter dem Türstock stand, drehte er sich noch einmal um und blickte mich – zumindest bildete ich mir das ein – mit seinen großen braunen Augen an. Ich schaute in tieftraurige Kinderaugen. Mich befiel ein sonderbares Verlangen, diesen Jungen aus der Nähe zu erleben, und irgendwie hoffte ich seltsamerweise, ihm noch einmal zu begegnen.

Fünf Minuten waren wir allein im Klassenzimmer, nur Herr Wohlgemut unterhielt sich mit unserem Kompaniechef.

Mir ging das Bild des kleinen Jungen nicht mehr aus dem Kopf. ›Hör auf, an so einen Schmarrn zu denken! Das ist doch nur ein Behinderter‹, versuchte ich mir selbst einzureden.

Da klatschte jemand in die Hände. Es war Herr Wohlgemut, der uns bat, Platz zu nehmen.

Ich musste mich ausgerechnet neben diesen naiv grinsenden Greis setzen.

Schon kam eine Schar von ungefähr 20 behinderten Kindern lärmend in den Raum. Alle hatten sie entweder eine Rassel oder eine kleine Trommel oder eine Triangel in der Hand. Sie schlugen den Takt zu »Leise rieselt der Schnee« – zu meiner Überraschung gar nicht einmal so falsch. Dazu grölten sie laut den Liedtext mit. Auf den Gesichtern der kleinen Wesen sah ich Stolz und Freude. Langsam begann ich den Grund dafür zu erahnen: Diese Kinder waren einfach nur glücklich, dass ihnen ›normale‹ Menschen Beachtung schenkten.

›Behinderte, Behinderte, das sind alles nur Behinderte‹: Die Stimme in mir wurde kurzzeitig leiser. Ich suchte unter den Kindern den kleinen, traurigen Jungen. Er war nicht dabei.

Nachdem das Lied zu Ende war, stand Herr Wohlgemut auf, um uns nochmals offiziell willkommen zu heißen. Er freue sich von ganzem Herzen, dass sich Soldaten um das Wohl der Kinder hier kümmerten. Man merkte ihm an, wie sehr er seine Lebensaufgabe in dem Dorf sah und dass die Freude derer, die hier wohnten, sein höchstes Ziel war. Dennoch meldete sich jetzt meine innere Stimme wieder: ›Du bist ja freiwillig hier, alter Mann! Dich macht's glücklich! Aber ich hab einen Befehl, und mich nervt's gewaltig.‹

Herr Wohlgemut fuhr in seiner Rede fort, erzählte von dem Aufbau des Behindertendorfes und der lieben Unterstützung vieler, vieler Menschen. Schließlich endete er mit den Worten: »In einer Zeit, in der nur noch teure materielle Geschenke zählen, soll dieser Ort eine Zuflucht sein. Eine Zuflucht für alle diejenigen, die Menschen kennenlernen wollen, für die ein liebes Wort oder ein herzliches Lächeln mehr zählt als das größte, beste und teuerste Geschenk der ganzen Welt.« Er setzte sich.

Irgendwie stieg in mir ein ganz klein wenig Bewunderung für den stets lächelnden und weise wirkenden Mann auf, den ich zuvor eher belächelt hatte.

Nach einigen Augenblicken der Stille begann der Kinderchor mit demselben Elan wie zuvor das Lied »Alle Jahre wieder« vorzutragen. Dann kam der Höhepunkt dieser kleinen Feierlichkeit. Eine zierliche brünette Frau um die 30 trat vor und kündigte ein Weihnachtsspiel an, welches die Kinder der Klassen 4a und 4b gemeinsam einstudiert hätten. Wie sich herausstellte, war sie die Lehrerin der Klasse 4a und hatte dieses kleine Theaterstück extra für den heutigen Tag umgeschrieben und mit den Kindern geprobt. Es gehe um den heiligen Nikolaus, der, ohne viel zu sagen und zu fragen, den armen Menschen eines Fischerdorfes in der heutigen türkischen Provinz Antalya durch seinen Mut und die Hilfe Gottes Säcke voller Nahrung schenkte.

Das Weihnachtsspiel begann. Ich sah den heiligen Nikolaus hereinhinken. Das Kind hatte einen herrlichen purpurnen Mantel an, eine mit Gold bestickte Bischofsmütze, es trug einen buschigen weißen Bart und einen großen Bischofsstab. Und es hatte traurige Augen.

›Er ist es! Der Kleine von vorher!‹, schoss mir durch den Kopf. Ich spürte eine merkwürdige Freude in mir aufkommen, die ich selbst nicht recht verstand und mir kaum eingestehen wollte. Ich bekam nur unterbewusst mit, dass der Nikolaus allein durch

Gesten Matrosen überredete, ihm Lebensmittel zu geben, und diese danach unter den Armen verteilte. Ich bekam ebenso nur unterbewusst mit, dass es für die Menschen des Fischerdorfes der glücklichste Tag in ihrem Leben war.

Meine Blicke waren zwar auf den Bischof Nikolaus gerichtet, aber eigentlich dachte ich über das Schicksal dieses kleinen Kindes nach. Meine Gedanken kreisten um die Frage, was einem Jungen zugestoßen sein musste, der so traurige Augen besaß. Erst als ein freundlicher, aufrichtiger Applaus einsetzte, schreckte ich aus meinen Gedanken auf.

»Herr Wohlgemut«, fragte ich den alten Mann, »sagen Sie, der Nikolaus, wie heißt er?«

»Felix Glück«, antwortete der Herr freundlich, »ein armer, lieber Kerl.«

»Was ist mit ihm?« Ich konnte meine Neugier nicht länger unterdrücken. »Ist er stumm? Warum schaut er so traurig?«

»Nun«, sagte Herr Wohlgemut – das Lächeln wich aus seinem Gesicht, zum ersten Mal sah ich ihn ernst –, »ich glaube nicht, dass er stumm ist. Vielmehr will er nicht mehr mit uns reden, weil er Angst hat!«

»Angst? Wovor?«

»Schau her, mein Junge« – ich hasse es, wenn ältere Leute zu mir ›mein Junge‹ sagen, aber hier fand ich es komischerweise passend und hörte weiter interessiert zu – »der Felix, der ist mit fünfeinhalb Jahren eine Treppe heruntergefallen und hat sich das rechte Bein gebrochen. Eigentlich kein schlimmer Bruch, doch die Ärzte haben einen Fehler gemacht, und Felix kann seitdem sein Bein nicht mehr abwinkeln, es ist nahezu lahm. Die Eltern von Felix haben sich wohl sehr stark gestritten, nicht wegen dem Bein, nein, wahrscheinlich schon vorher und wegen anderen Dingen. Sie sahen es schließlich für besser an, sich zu trennen, als Felix gerade sechs geworden war. Natürlich dachte sich der arme Junge, dass sein lahmes Bein an allem schuld sei. Von dem Tag an« – wir bemerkten nur nebenbei, dass, während wir redeten, der Kinderchor mit ›Süßer die Glocken nie klingen‹ einsetzte – »hat der Felix begonnen zu stottern und sich unwohl zu fühlen. Kurz darauf fing ein neues Schuljahr an und er kam in die erste Klasse. Du kannst dir ja vorstellen, mein Junge, wie ein Kind, das hinkt und stottert, von anderen Kindern gehänselt wird. Kinder können grausam sein. Nach einiger Zeit hörte Felix auf zu sprechen, er wollte sich die Häme anscheinend ersparen. Die Grundschullehrerin empfahl daraufhin der Mutter, dass es besser sei, den ›Behinderten‹ zu uns in die Schule zu schicken. Seitdem ist er hier. Traurig und stumm. Ich denke, er hat einfach nur Angst davor, dass ihn ein weiterer Schicksalsschlag Unheil zufügen könnte.«

Fast gleichzeitig mit den Worten des alten Mannes endete auch das Weihnachtslied. Er stand auf, während ich, ergriffen von diesem ungerechten Schicksal, mich wieder in meinen Gedanken verlor. Auf einem hohen Ross war ich hierher gekommen, zu stolz, um mich mit Behinderten zu beschäftigen, und ekelte mich vor der Vorstellung, einen von diesen berühren zu müssen. Doch nun?

Plötzlich klopfte mir jemand ganz leicht auf die Schulter. Ich reagierte nicht, und es klopfte noch einmal. Ich schlug meine Augen auf, die ich anscheinend völlig unbewusst geschlossen hatte. Er stand vor mir. Felix, der ›Behinderte‹. Felix mit den traurigen Augen.

›Was will er von mir?‹, dachte ich unsicher. Der Junge hatte sich mittlerweile seines Bartes und seiner Bischofsinsignien entledigt und schaute stumm in meine Augen. Nach einem Moment peinlicher Stille überwand ich mich und fand meine Stimme wieder.

»Na, kleiner Mann, wer bist denn du?« Es fiel mir schwer, die richtigen Worte zu finden. »Du bist bestimmt der Felix. Felix, der Schauspieler. Hast du deine Nikolaussachen ausgezogen? Siehst so ja noch viel hübscher aus.«

Felix starrte mich nur an, erwartungsvoll, wie mir schien. Erst jetzt bemerkte ich, dass sich alle anderen Behinderten … äh … alle anderen Kinder einen Partner aus unseren Reihen gesucht hatten, um mit diesem zu dem Lied ›Schneeflöckchen, Weißröckchen‹ zu tanzen.

»Magst du auch tanzen?«, fragte ich ihn. »Aber ich muss dich warnen, meine Freundin hat nach jedem Tanzabend ganz blaue Zehen, weil ich so schlecht darin bin.«

Er sagte nichts, streckte mir nur seine Hand entgegen. Ich bildete mir ein, ein kurzes Flackern in seinen Augen zu sehen, konnte es aber nicht deuten. Gern, aber dennoch innerlich zitternd, nahm ich seine Hand. Die kleine, weiche Hand war warm und gerade mal so groß wie meine Handfläche.

»Na gut, Kleiner, du willst es so haben.« Ich hielt seine Hand und verlor langsam meine Unsicherheit, versuchte bald sogar, ein paar Scherze mit ihm zu machen. »Wir werden bestimmt zu den besten Tänzern hier gewählt! Aber das verdanke ich dann natürlich nur dir, weil ein so brillanter Tänzer mich als seinen Partner gewählt hat!«

Ein kurzes Schmunzeln huschte über seine Lippen. Ich sah es. Langsam wuchs in mir eine seltsame Freude. Wir tanzten weiter, Felix schaute mich an, hörte mir zu und schmunzelte ab und an. Für Augenblicke bildete ich mir ein, dass die Traurigkeit aus den Augen des kleinen Jungen verschwunden war.

Beim letzten Takt des Liedes kniete ich mich auf den Boden – wir waren nun annähernd gleich groß – und umarmte ihn. Ich schaute ihm in die dunkelbraunen Augen. Die Trauer war nicht ganz aus ihnen gewichen, aber dennoch erkannte ich die aufgeweckten Augen eines Zehnjährigen, der verzweifelt nach glücklichen Stunden in seinem Leben sucht. Mit seinem Blick schien er mir zeigen zu wollen, dass dies für ihn ein solcher Moment war.

Ich schämte mich jetzt für die Gedanken, die ich vor nicht einmal einer Stunde noch gehabt hatte, und verstand nicht, warum ich so unglaublich gemein gewesen war. Ich wusste nur, dass dieser Junge, dieser kleine behinderte Junge es verdammt noch mal verdient hatte, dass ich ihm in diesem Augenblick alles schenkte, wozu ich fähig war – meine Aufmerksamkeit, mein Verständnis, meine Freundlichkeit, meine Wärme.

Dann hob ich Felix hoch, drückte ihn fest an mich und drehte mich mit ihm einige Male um die eigene Achse. Da hörte ich es, und wahrscheinlich hörte es der ganze Raum. Ich höre es noch heute, als sei es erst gestern gewesen. Felix hat laut und aus tiefster Seele heraus gelacht. Dieses Lachen war so herzzerreißend, es kam von so tief drin.

Als ich ihn weiter im Kreis herumdrehte, wusste ich nicht, ob ich lachen oder weinen sollte. Ich wusste nur, dass ich so etwas noch nie in mir gespürt hatte. Niemals hätte ich mir träumen lassen, dass mir ausgerechnet ein Lachen zeigen könnte, was Weihnachten wirklich bedeutet.

A dunkle Gestalt

A dunkle Gestalt,
die kommt aus'm Wald.
Ihr grusliges Gsicht
bei dämmrigem Licht
jagt Angst ein und Furcht.
Wen sie heut wohl suacht?
Dahinter a Frau,
vor Kälte ganz blau.

Die Haar stelln sich auf.
Die Gstalt steigt herauf.
Der Schnee, der fallt leis.
Der Garten werd weiß.

Laut hallen die Schritt'.
I bitt dich, i bitt,
verschon unser Tür!
Nimm d' andre dafür!
Nun stehn s' schon davor,
und i bin alloa.

Da klopft es schon laut,
an d' Tür werd hinghaut.
I lur durch an Schlitz,
da trifft mich der Blitz.
Die Gstalt schaut mich o,
welch grausliger Mo.
I öffne voll Furcht
für d' Gstalt, die mich bsuacht.

»Sind Sie die Frau Groh?«
»Ja, bin i. Wieso?«
»Wir bräuchten a Heim.
Gehn S', lassen S' uns rein!
Mei' Frau kriagt a Kind,
uns friert's drauß im Wind.«
»Es tuat mir so leid,
hob leider koa Zeit.
Bei mir kommen Gäst'
zum heiligen Fest.
Kein Zimmer is frei,
sonst ließ i euch 'nei.
Schauts einfach mal dort,
und i muaß jetzt fort!«

D' Christmettn

Alls is dunkel.
Alls is ruhig.
Nur Licht brennt dort am Tannenbaum.

Leiser Atem. Leiser Wind.
Ja! Jetzt is' so weit.
Des Kind, es lebt.

Zeit der Liebe.
Zeit, steh still!
Lass des G'fühl ganz lang tief drin in mei'm Herzn!

Weihnachtsfahrt

Wie jedes Jahr fährt die Familie am Vormittag des Ersten Weihnachtsfeiertages zur hundert Kilometer entfernt wohnenden Oma. Aber erst auf der Autobahn wird es richtig weihnachtlich:

Er: Fahr halt endlich, du Depp!
Sie: Jetzt fluch halt nicht gleich immer!
Er: Ja, wenn der so bescheuert fahrt.
Sie: Ja mei, es ist halt so!
Kind 1: Wie lang fahren wir zu Oma?
Sie: Noch ungefähr eine Stunde.
Kind 2: Wie lang ist eine Stunde?
Er: Geh, frag nicht so blöd.
Sie: Pass auf, da vorn!
Er: Seh ich schon! Glaubst du, ich bin blind?
Sie: Ich hab's ja nur gut gemeint.
Er: Ist schon recht.
Kind 2: Spielen wir was?
Kind 1: Oh ja! ›Ich sehe was, was du nicht siehst‹!
Er: Um Gottes willen.
Sie: Ich sehe was, und das ist gelb.
Kind 1: Die Sonne!
Er: Es ist doch gar keine Sonne da.
Kind 2: Das gelbe Auto da links.
Sie: Richtig.
Er: Jetzt, Herrschaftszeiten, was ist denn das?!?
Sie: Schaut nach Stau aus.
Er: Mei, bist du schlau!
Sie: Du hast doch gefragt.
Er: Lauter Deppen heut auf der Autobahn!

Sie: Sei halt nicht so.
Er: Wie bin ich denn?!?
Kind 2: Ich sehe was, und das ist schwarz.
Kind 1: Autoreifen!
Kind 2: Welche?
Kind 1: Die von dem grünen Auto da.
Kind 2: Falsch. Was dann?
Kind 1: Andere Autoreifen?
Kind 2: Welche?
Kind 1: Autoreifen von irgendeinem Auto hier auf der Autobahn.
Kind 2: Auch falsch.
Sie: Die Stoßstange von dem Auto vor uns.
Kind 2: Was ist eine Stoßstange?
Er: Das kann doch nicht wahr sein! Es ist tatsächlich Stau!
Sie: Sag ich doch!
Er: Wahnsinn! Lauter Sonntagsfahrer unterwegs.
Kind 2: Was ist ein Sonntagsfahrer?
Er: Einer, der nicht gescheit Auto fahren kann. Und meistens ist der weiblich!
Kind 2: Fahren die nur am Sonntag?
Sie: Meistens!
Kind 2: Aber heute ist doch Weihnachtsfeiertag.
Kind 1: Feiertage zählen auch zu den Sonntagen.
Kind 2: Kapier ich nicht.
Er: Stell dich nicht so an!
Sie: Jetzt geht ja gar nichts mehr vorwärts.
Er: Mei, mei, mei, bist du schlau.
Sie: Lenkrad.
Er: Was »Lenkrad«?
Sie: Lenkrad ist auch schwarz. Ist das richtig?

Kind 2: Stimmt! Super, Mama!
Kind 1: Das ist ein doofes Spiel! Wann sind wir da?
Er: Bei dem Stau brauchen wir wahrscheinlich eine Stunde mehr.
Kind 2: Wie viel ist eine Stunde mehr?
Er: Zwei Stunden.
Sie: Welch schlaue Antwort!
Er: Dann erklär's ihm doch selber!
Sie: Du erklärst es ja nicht!
Kind 2: Auaaaaa!
Er: Was ist denn?
Kind 2: Er hat mich geschlagen!
Sie: Ach, weißt du, muss das sein?
Kind 1: Hab ich gar nicht!
Kind 2: Hast du schon!
Er: Ruhe!
Sie: Warum machst du denn so was?
Kind 1: Keine Ahnung, war nur Spaß! Und außerdem war ich's nicht!
Kind 2: Doch!
Er: Was bist denn du für ein Idiot!
Sie: Also sag mal, so musst du jetzt auch nicht mit ihm reden!
Er: Ich red doch nicht mit ihm, sondern mit dem bescheuerten BMW-Fahrer da vorn!
Kind 1: Können wir eine CD hören?
Sie: Welche magst du denn?
Kind 1: Hui Buh.
Sie: Ja, gib's mir vor.
Er: Kommt nicht infrage.
Kind 2: Ich muss aufs Klo.
Er: Zwick zusammen.

Sie: Papa fährt gleich raus, Spatz.
Er: Macht er nicht! Er kommt nämlich nur einen Meter pro Minute weiter.
Sie: Wir könnten ein Weihnachtslied singen.
Er: Um Gottes willen.
Kind 2: Oh ja, ›Schneeflöckchen‹!
Kind 1: Das ist ein Kindergartenlied!
Kind 2: Ist es nicht! Bitte singen, Mama!
Kind 1: Aber nur, wenn Papa auch mitsingt.
Er: So ein Schmarrn.
Sie: Dann halt nicht.
Er: Sei halt nicht beleidigt.
Sie: Bin ich nicht.
Er: Was bist denn dann?
Sie: Enttäuscht!
Er: Na super!
Kind 2: Singen wir jetzt?
Sie: Nachher bei Oma.
Er: Wenn wir da heute überhaupt noch ankommen.
Sie: Das wird schon! Hör endlich auf zu hupen.
Er: Bei diesen Trotteln hilft ja nichts anderes.
Sie: Die stehen alle im Stau, so wie du.
Er: Aber ich kann zumindest Auto fahren.
Kind 2: Ich kann's nicht mehr lang halten.
Kind 1: Hosenbiesler!
Kind 2: Aua! Er hat mich wieder gehaut!
Kind 1: Hab ich gar nicht!
Er: Ruhe!!
Sie: Jetzt schrei halt nicht so!
Kind 2: Ich muss so dringend!
Kind 1: Sssssssssss
Sie: Was machst du denn da?

Kind 1: Ich ahme ein Fließen nach! Das regt das Bieseln an.
Er: Also am liebsten würd ich dir …!
Kind 2: Der ist so gemein zu mir!
Sie: Fahr schnell an den Rand.
Er: Wie stellst dir das denn vor?
Kind 1: Sag mal, bieselst du schon?
Kind 2: Nur ein bisschen!
Er: Was?!?
Kind 2: Ich konnt's nicht mehr halten.
Er: Das ist nicht zum Aushalten!
Sie: Schrei nicht so!
Kind 1: Bähhh, ist das eklig.
Er: Um Gottes willen!

Nach 110 Minuten kommt die Familie entspannt und in weihnachtlicher Vorfreude bei der Oma an. Der Duft von Weihnachtstee und echten Kerzen weht ihnen schon beim Eintreten entgegen. Wie schön ist es doch, wenn man sich richtig auf das Weihnachtsfest einstimmen und die Feier mit Liebe im Herzen begehen kann! In diesem Sinne: Frohe Weihnachten!

Kurz vor dem Ende des Jahres

Kurz vor dem Ende des Jahres
blick ich zurück:
Ganz schön anstrengend war es –
mit Leid und mit Glück.
Vieles wurde verschoben
und manches gemacht.
Ich durfte schweigen und toben
und hab viel gelacht.
Trotz mancher trauriger Träne,
die ich still geweint,
gab es auch manche Glückssträhne,
zum Freund wurd' manch Feind.

Doch vieles wäre vergebens
auf unserer Welt,
wenn nicht das Wunder des Lebens
das Dasein erhellt.

Denn dieses Wunder vermag
trotz dunkelster Nacht
zu erschaffen den glänzendsten Tag
in herrlichster Pracht.

Blick zurück

Blick zurück aufs letzte Jahr –
's kommt mir wia a Schatten vor,
der verschwindt und nimmer ist,
den ma nach und nach vergisst.

Schee war's trotzdem, irgendwie,
und tief drin vergisst ma's nie:
So manches Leid, so manche Freud,
so mancher Streit, so wenig Zeit.
Wenn d' Erinnerung aa stark verblasst,
seids euch gwiss, es hat schon passt.

Neu's Jahr, jetzt greif' ma schwungvoll o!
Anders werd's nun, so und so.
Viel Neu's kommt jetzat auf uns zua,
selten kommt ma da zur Ruah;
Hauptsach is, ma bleibt net steh',
denn 's Lebn muaß schliaßlich weitergeh'.

Blick zurück aufs letzte Jahr –
's kommt ma wia a Schatten vor,
der verschwindt, dem Neuen weicht.
Schau nach vorn! Dann fallt's dir leicht.

Der Leuchtturm

Der erste Schnee des Jahres schwebt draußen gerade sanft auf die Erde. Sehr spät beginnt es heuer zu schneien. Schließlich ist ja schon der Erste Advent vorbei, und bis dahin wurden nur Rekorde in zu warmen Herbstmonatstemperaturen aufgestellt. Doch jetzt wird die Welt langsam weiß.

Ich blicke aus dem Fenster und sehe die vielen Lichter, die in den Bäumen, an den Haustüren und auf den Dächern meiner Nachbarn angebracht sind. Keine übertriebene, keine übermäßig bunte, keine ausgesprochen kitschige Dekoration, nur warme, wohlige weiße Lichterketten.

Durch den fallenden Schnee blitzen an allen Ecken und Enden die kleinen Lichter, als wären es kleine Leuchttürme auf hoher See, deren Licht erscheint und für eine gewisse Zeit wieder verschwindet. Wenn ein Seemann das Aufleuchten des Turms entdeckt, weiß er, dass er bald in den sicheren Hafen einlaufen kann und dass seine Reise somit auf ein gutes Ende zusteuert.

Im Moment fühle ich mich wie dieser Seemann. Ich sehe die aufblitzenden Lichter, und tief in mir breitet sich ein Gefühl der Sicherheit aus. Es ist gut, denke ich mir. Mit dem Advent wird die letzte Runde des Jahres eingeläutet. Langsam, ganz langsam entschleunige ich mich. Ich reduziere meine Termine, ich vermehre die bewusste Zeit mit meiner Familie.

Meine neun Monate alte Tochter sitzt auf meinem Schoß und sieht mit mir aus dem Fenster. Auch sie erkennt das Funkeln, das sich um uns herum ausgebreitet hat. Sie erlebt das alles zum ersten Mal in ihrem Leben. Sie staunt, wie sie vielleicht noch nie zuvor gestaunt hat. Plötzlich juchzt sie so laut und so aus tiefster Seele, dass meine Frau vor Schreck aus dem Nachbarzimmer heranläuft. Doch schnell erkennt sie, dass der Schreck unbegründet war. Wir blicken beide unsere liebe Tochter an. Sehen ihr freudestrahlendes Gesicht. Sehen ihren staunend lachenden Mund. Und wir sehen ihre Augen, in denen sich ein schier nicht enden wollendes Leuchten festgesetzt hat.

Ein neuer Leuchtturm ist vor wenigen Monaten auf die Welt gekommen, um meiner Frau und mir zu sagen: »Es ist gut. Ihr seid auf dem richtigen Weg.« Wieder stößt meine Tochter einen herzerweichenden Juchzer aus. Wie kann ein Mensch nur so unbeschwert, so durch und durch glücklich sein. Ich blicke zu meiner Frau, entdecke die leicht glasig werdenden Augen. Ich spüre, dass auch ich kurz davor bin, eine Träne zu vergießen, eine Träne des pursten Glücks, das Höchste, was sich ein Mensch nur vorstellen kann.

Meine liebe Frau und ich haben unseren Leuchtturm gefunden, sind angekommen im Hafen der Sicherheit, sind erfüllt von warmer, wohliger Liebe. Oh du wundervolles Licht, danke, dass du bist, und danke, dass du bleibst.

Nachwort und Dank

Ganz selbstverständlich ist es wahrscheinlich auch für einen Menschen mit schriftstellerischen Ambitionen nicht, dass er mit 32 Jahren bereits sein zweites Weihnachtsbuch herausgibt. Doch für mich war Weihnachten von frühester Kindheit an das zentrale Ereignis des Jahres, etwas, auf das man Wochen, wenn nicht sogar Monate hinfiebert. Der Zauber der Weihnachtstage, die Stille auf den Straßen, die Andacht in der Kirche, das Knistern des hoffentlich vorhandenen Schnees und die vielen wundervollen Augenblicke haben Jahr für Jahr eine Faszination auf mich ausgeübt, die in ihrer Gänze unbeschreiblich ist. Entsprechend versuche ich das, was Weihnachten für mich bedeutet, in vielen Einzelgeschichten und -gedichten festzuhalten – denn nur so kann man dem Facettenreichtum dieses Festes entsprechen.

Wichtig ist mir an dieser Stelle auch, Danke zu sagen. Zunächst an meine lieben Eltern, die von Kindheit an ermöglicht und dafür gesorgt haben, dass die Magie dieser Tage in meinem Herzen zur Entfaltung kam. Des Weiteren an meine liebe Frau, die meine Begeisterung für dieses Fest von Anfang an verstanden und mit mir geteilt hat, aber dennoch hart bleibt, wenn Ende Januar gegen meinen Willen die Reste der Weihnachtsbeleuchtung abgebaut werden müssen. Dann auch an meine vielen Freunde vor allem aus München und aus Preith, die mit mir alle Jahre wieder auf Weihnachtstouren gehen und mich auf immer neue Schreibideen bringen. Darüber hinaus an Charles Dickens, Ludwig Thoma und Helmut

Zöpfl, deren beeindruckende Texte mich Jahr für Jahr durch die schönste Zeit des Jahres begleiten. Und abschließend an meine liebe kleine Tochter, deren herzliches Lachen und deren leuchtende Augen mir die Weihnachtszeit mehr denn je zum wundervollsten Erlebnis des Jahres machen.

Hans-Peter Schneider im Herbst 2013

Der Autor

Begeisterter Lehrer. Begeisterter Autor. Begeisterter Lausbub. Hans-Peter Schneider, der mit seiner Frau und seinen beiden Kindern fast im geographischen Herzen Bayerns, in Preith bei Eichstätt, wohnt, schafft es, diese Begeisterung in seinen Werken widerzuspiegeln.

Als Fachbetreuer für Deutsch und Lehrer für Geschichte, Sozialkunde und Theater unterrichtet er am Gymnasium. Im Rosenheimer Verlagshaus erscheint gerade der siebte Band seiner Reihe »Seppis Tagebuch« und in neuer Auflage das Weihnachtsbuch »Weihnachtsstern«.

Seppis Abenteuer gibt es jetzt nicht nur auf dem Papier, sondern auch zum Anhören. Gesprochen vom Autor, bieten die neuen Hörbücher ein witziges Hörerlebnis, das man sich nicht entgehen lassen sollte.

Besuchen Sie den Autor auf Facebook oder im Internet unter www.h-pschneider.de.

Von Hans-Peter Schneider bereits erschienen

Seppis Tagebuch – Passt scho!
208 Seiten
ISBN: 978-3-475-54222-0

Seppi ist fast 14 Jahre alt und durchlebt all die Probleme, die man mit 14 eben hat. Eine Mutter, die alles besser weiß. Ein Vater, der keine Ahnung vom Fußball hat. Eine Oma, die ihn am liebsten mästen würde. Eine Mitschülerin, die unglaublich nervig ist. Einen besten Freund, der sich in letzter Zeit irgendwie komisch verhält. Sicher ist nur, dass der FC Bayern der beste Club der Welt ist. Und dass Seppi beim Krippenspiel des gefürchteten Direktors mitmachen muss. In seinem Tagebuch macht sich der Bub seine Gedanken darüber. Eine Freude für alle Schüler und alle, die sich gerne an ihre Schulzeit zurückerinnern.